KB127652

특별한 책 한 권을 고르는 일상의 기록

우리 취향이
완벽하게
일치하는 일은
없겠지만

일러두기

- 본 도서는 국립국어원 표기 규정 및 외래어 표기 규정을 준수하였습니다. 다만 일부 입말로 굳어진 경우에는 저자의 표기를 따랐습니다.
- 도서명, 잡지명, 장편소설은 『』, 단편소설, 시는 「」, 드라마명, 영화명, TV 및 라디오 프로그램명은 〈 〉로 표기하였습니다.
- 본 도서에 실린 인용구는 각 출판사 혹은 저자, 역자와 협의하여 출판 사용에 대한 허가 후 진행하였으며 타계한 문인은 신탁 관리사, 법정 스님의 경우 (사)맑고 향기롭게의 허가를 받았습니다.

우리 취향이
완벽하게
일치하는

특별한 책 한 권을 고르는 일상의 기록

일은
없겠지만

나란
지음

지콜론북

어떤 하나의 문장이 필요한 순간

우디 앨런 감독의 초기 작품 〈애니 홀〉(1977)에는 이런 대사가 나옵니다.

"가끔 반 친구들이 요즘은 뭘 할까 궁금해요."

주인공 알비 싱어(우디 앨런)의 내레이션과 동시에 화면은 아이들이 앉아 있는 한 교실로 바뀌고, 남자아이들이 차례로 일어나 현재 자신의 직업을 발표합니다. "난 핀커스 수도관 회사 사장이야", "난 심리학자야", "전엔 헤로인 중독자였는데 이젠 메타돈 중독자야." 분명 모습과 목소리는 아이들인데 다 큰 어른의 대사를 하는 장면이 흥미롭습니다. 그리고 마지막에 단발머리에 동그란 뿔테 안경을 쓴 여자아이가 무표정하게 말합니다. "난 가죽에 미쳐 있어(I'm into leather)."

영화에서 딱히 중요한 장면은 아니었습니다. 책이든 영화든 읽고 보는 것들은 줄거리보다 하나의 장면, 한 줄의 문장으로 주로 기억하는 데다 누가 의문형 문장을 던지면 늘 답을 해야 한다는 압박이 있어서인지, 아이들의 대답을 들으며 나도 어떤 대답을 해야 할 것 같은 기분이 들었습니다. 등장인물들이 '넌 뭘 하고 있어?', '넌 요즘 어디에 미쳐 있어?' 하며 나에게 묻는 것 같았습니다. 혼자 중얼거리며 답을 했습니다.

"전에는 여기, 저기, 거기에 다니다가 이제 서점에서 일해."

30대가 되기 전에 직장과 직업을 세 번이나 바꿨습니다. 누군가는 '프로 이직러' 같다고 생각할지도 모르겠습니다. 그러나 일반적인 어른의 기준이 아닌 시인 파블로 네루다의 글귀('나였던 그 아이는 어디 있을까, 아직 내 속에 있을까 아니면 사라졌을까?')에 나오는 한때 나였던 그 아이가 자라서 하는 말이라고 한다면 어떨까요. 자연스러운 과정이라고 생각할 수 있지 않을까요.

"세상이 계속 변하니까. 그만큼 내가 좋아할 수 있는 가짓수는 늘어나. 물론 태어나서부터 원하던 한 가지를 커서도 지키는 사람들이 분명 있지. 과학자, 선생님, 예술가가 된 멋진 사람들. 근데 생계를 지키느라 원하는 걸 할 수 있는 여건을 마련하기가 쉽지 않아. 그러면 어떻게 해. 계속 변하면서 여건을 만드는 수밖에. 그러다 언젠가는 그중 하나를 골라 평생 사랑하며 사는 거지. 그것도 충분히 멋져."

이것은 서점에서 일하면서 찾은 답입니다. 전에 다닌 직장은 밤새 사무실의 불이 꺼지지 않아도 아무렇지 않은 곳들이었습니다. 물론 퇴근 시간이 정해져 있고 '칼퇴(정시 퇴근)'라는 개념도 존재했습니다만 인간은 이런 개념을 상실하는 경우가 종종 있으며 한번 몰입하는 즐거움에 빠지면 웬만해선 잘 헤어 나오지 못합니다. 거기다가 어떻게든 '나 여기 있어, 나 좀 봐줘' 외치면서 열심히 기능하고 싶은 시절이었습니다. 시간이 지나면서 생각이 달라졌습니다. 실은 생각 이전에 몸이 먼저 달라졌습니다. '많이 아프고 조금 멋진 삶 대신 아프지 않고 오래오래 일하고 싶다'라고 몸이 말했습니다. 서점이라고 얼마나 다를까 싶었는데 한 가지는 분명했습니다. 셔터를 내린다는 것. 정해진 시간에 문을 열고 닫기 때문에 셔터를 내리면 손님은 오지 않습니다. 밤새 불이 꺼진 서점에서 일할 수도 있겠지요. 하지만 책으로 둘러싸인 공간에서 책 읽기의 유혹을 뿌리치긴 어려웠습니다. 또, 아무리 재미있는 책이라도 시간이 지나면 잠을 부르게 마련입니다. 터무니없이 들릴 수 있겠지만 저는 그렇게 서점 생활을 통해 전과 다른 생활의 리듬을 하나둘 찾게 되었습니다.

이 책은 저의 네 번째 직장이자 직업에 관한 사적인 기록입니다. 소규모 '동네 서점'이라는 새로운 공간을 만들고 운영하며 보낸 경험, '서점원 혹은 북 큐레이터'라는 이름으로 직접 읽고 소개한 책과 문장들, 이전과는 확연히 달라진 일과 삶에 대한 태도, 책과 엮여 여전히 좋아하는 것들에 관하여 썼습니다. 마지막 페이지에는 서점, 그리고 내 방 서재에서 모서리가 접힌 채 잠들어 있던 문장들을 꺼내 모았습니다. 책을 즐겨 읽든 그렇지 않든, 살면서 어떤 하나의 문장이 필요한 순간은 있을 테니까요. 제 마음에 온전히 스며든 문장들을 공유하고 싶었습니다. 다만 이 책 어디에도 "서점 일에 도전하세요"와 같은 제안은 없습니다. 책과 서점에 관련된 일을 하고 싶다면 동네 서점 주인에게 면담을 요청하는 편이 훨씬 나을 겁니다.

제게 서점 일을 제안한 대표님 두 분과 성북동에서 인사동으로 자리를 옮겼지만 여전히 서점을 지키고 있는 멤버들, 서점을 찾아주신 저자분들, 책을 읽기 위해 마을버스를 타고 들어와야 하는 먼 동네까지 찾아와주신 손님 모두에게 감사의 인사를 드리고 싶습니다. 고맙습니다.

나란 드림

1장

서점원 나란의
1년 365일

TMI*

'나는 잘 놀라는 사람입니다.'

이렇게 소개하면 좋겠다. 동료가 뒤에서 어깨를 살짝만 두드려도 으악 하며 놀라고, 미팅 중에 마신 커피가 맛있어서 놀란다. 버스나 지하철로 한강 위를 지날 때, 특히 버스 창문으로 강물에 해가 비쳐 수면 위로 반짝거리며 빛이 조각나는 풍경이 아름다워서 또 놀란다. 눈 내리는 겨울에는 버스 창밖으로 손을 뻗어 눈을 모으는데 어쩌다 커다란 덩어리가 내 손에 툭 내려앉으면 벌레인가 싶어 놀란다. 대부분 나뭇잎이다.

중학교 시절 이런 일이 있었다. 하굣길 버스에서 내리며 얼떨결에 맨 뒷자리에 앉은 고등학생들을 흘긋 쳐다보게 되었는데 교복 치마가 너무 짧은 탓에 나도 모르게 속옷까지 보게 된 것이다. 놀란 나는 옆에 있던 친구에게 "치마 봤어? 진짜 짧아" 하며 귓속말을 했는데 그 말을 들은 친구는 버스에서 내리자마자 내 손을 잡고 외쳤다. "뛰어!" 영문도 모른 채 근처 공원까지 뛰고는 씩씩거리며 이유를 묻는 나에게 친구는 "귓속말을 다 들리게 하면 어떻게 해, 이년아. 쫓아올까 봐 미친 듯이 뛰었네" 하며 숨을 헉헉대며 웃었다. 나도 따라 웃었다.

'입사 이래 새로운 것은 없다'는 신조가 몸에 배어 있는 사람들이 모인 곳에서 직장 생활을 했다. 조직 생활을 하면서부터 나는 조금씩 흔들렸다. 작은 것에도 곧잘 놀라는 기질이 호들갑처럼 비치기도 하고 이런저런 오해를 사기도 했다(새로운 것을 보고 듣고 경험하며 놀라는 게 죄인가요, 라고 묻고 싶습니다…). 대충 일해도 매출을 달성하면 그만, 열과 성을 다해도 수익을 못 내면 말짱 도루묵이 되어버리는 여러 회사에 다니며 나의 놀라는 기질은 자연스레 퇴화했다. 타고난 것 중에 이렇다 내세울 만한 자랑이 없던 나는 타고난 '놀람 기질'을 붙잡고 싶었다. 이런 '내 기질'에 회사를 떠나서 다른 곳을 향할 수 있는 시간을 주기로 했다. 어디로? 책으로. 회사는? 다니면서. 어떻게? 야근의 압박에 맞서면서.

직장 생활 8년 중 6년은 대학생, 애플리케이션, 백신을 삼시 세끼 주식으로 삼고 책은 간식처럼 여기며 지냈다. 직장 생활은 영위해야 하니 일에 중요한 위의 3가지 요소는 주식으로 삼을 수밖에 없었다. 그렇다면 여기서 간식이란 무엇일까. 굳이 안 먹어도 되는데 먹으면 맛있고 특히 잠자기 전에 먹는 게 감칠맛 나는, 무엇보다 이미 아는 맛인데도 먹게 되는 것이다(비슷한 것으로는 술이 있다). 나는 그렇게 읽는 생활을 시작했다. 읽지 않아도 되는데 읽고 나면 업무에 도움이 되었다. 기획서를 쓰거나 새로운 프로젝트를 준비할 때는 시간이 촉박해도 자기계발서나 경제·경영서를 읽었다. 잠들기 전에는 '사람'이 생각나곤 했다. 나를 울린 사람, 내가 울린 사람. 그럴 때면 제목이나 부제에 '심리'라는 단어가 적힌 몇 권을 꺼내 몇 페이지를 읽고 잤다. 그렇게 몇 해를 보내고 나니 소설이 눈에 들어왔다. 처음 몇 줄에 혹해서 펼쳐 들었다가 그다음부터는 내용을 끊고 그만두기 애매해서 좀 더 읽다가 약간은 지루해질 즈음에는 결말 부분을 펼쳐 확인했다. 참 이상한 것이 결말을 알고도 그것과 무관하게 술술 읽히는 게 소설이었다.

최근 2년은 잠들어 있을 때를 제외하곤 책에 둘러싸여 매일 책을 과식하는 생활을 했다. 뉴스도 책과 관련된 뉴스를 우선 검색하고 커피를 내리기 전에 먼저 책 주문부터 확인하는 서점의 세계에 발을 들였다. 간식으로 책을 접할 때와는 분명 달랐다. 내 방 정리는 못 해도 서점의 서가는 매일 단정하게 정돈했다. 본래 정리라는 것은 열심히 해도 티가 안 나는 법이라지만 하는 사람은 즐겁다. 좋아하는 작가의 책은 컬렉션을 만들거나 잘 보이는 곳에 비치했다. 반대로 좋아하는 작가이기 때문에 꼭꼭 숨겨두는 경우도 있는데 일종의 양가감정이다. 숨겨둔 그 책을 찾아 계산하러 오는 사람이 분명 있다. 그 손님에게는 특별한 애정이 생겨 책과 함께 오는 부록을 하나 더 얹어 준다거나 같은 공간에 있는 베이커리 파트에서 테스트 중인 신메뉴를 시식용으로 슬쩍 챙겨주기도 했다. '좋아하는 일은 취미로 남겨 두자'라는 생각은 어느새 좋아하는 것이 내가 되고 내가 좋아하는 것이 된다는 물아일체의 경지에 이르러, 책과 하루를 보내고 집에 돌아오는 버스에서도 책을 펼쳐 든다. 그리고 여전히 책 속에서 나는 놀라고 있다. 매일 같이.

*TMI: Too Much Information(과한 정보)

나를 구성하는 생활

서점에서 책을 소개하는 사람으로 지내야겠다고 마음먹은 계기는 첫 회사였다. '일과 가정의 밸런스'라는 직장인의 보편적 고민을 주제로 임원이 신입사원 50명 앞에서 한 연설을 잊지 못한다. 그는 가정을 포기함으로써 자신이 지금 이 자리에 있을 수 있었다는 경험적 확신을 드라마틱한 에피소드와 함께 1시간가량 들려줬다. 감동을 주었지만 그 말에 동의할 수는 없었다. 하지만 오랫동안 그 말이 맴돌아 한쪽을 선택하거나 다른 한쪽을 포기해야 한다는 압박에 시달렸다. 흘려듣고 넘기지 못했다. 임원이 신처럼 느껴지던 신입사원

시절이었다. 신의 말이라고 생각하면 무릇 믿고 따라야 하는
게 정상인데 그게 아니라면 핑계라도 있어야 할 게 아닐까 싶
었다. 나보다 먼저 사회에 발을 들인 주변의 많은 이들에게
물었다. 그리고 여러 작가의 글을 읽었다. 아무리 묻고 읽어
도 '탁' 하며 플래시가 터지는 깨달음의 순간은 없었다. 다만
단어 하나가 자주 눈에 머물다 가곤 했다.

'자유'였다. 단어의 생김새부터 자유롭다는 인상을 주었
고, 입으로 "자유" 하고 발음하면 자유로워질 것 같은, 실제
로 자유로워진 기분이 들기도 하는 단어였다. 어느 심리학 책
에서 긍정어를 반복해서 소리 내는 것만으로도 긍정적인 사
고를 하게 된다는 이야기를 읽은 적이 있다. 그렇다면 자유를
많이 생각하고 말하면 자유로운 사람이 된다는 것이 마냥 억
지 논리는 아니겠다고 생각했다. 그때부터 자유와 함께 잠들
고 깨어나는 생활이 시작되었다. 일과 가정 한쪽을 선택이나
포기해야 한다는 압박이 사라지고 자유로운 생활이란 무엇
일까 고민하는 시간이 늘었다. 자유는 일과 가정 어디에나 해
당하는 단어였다. 자유는 책임과도 잘 어울렸다. 자연스레 어
린 시절부터 어깨에 올라타 있던 책임들을 불러들일 수 있었
다. 그렇게 자유와 책임의 양립, 두 가지가 나의 생활을 구성
해 나갔다. 경제적 자유를 생각하고 들어간 회사이기 때문에
야근이 괴롭지 않았지만 정신적 자유가 중요한 시기였기에

미련 없이 나와 서점인이 되기로 결심했다. 1900년대에 한 시인이 그린 생활을 흠모하며 지냈다. 그것이 정신적 자유의 한 형태라는 생각을 오랫동안 간직했다. 그리고 그렇게 살아 보기로 작정했다.

나의 생활을 구성하는 모든 작고 아름다운 것들을 사랑한다. 고운 얼굴을 욕망 없이 바라다보며, 남의 공적을 부러움 없이 찬양하는 것을 좋아한다. 여러 사람을 좋아하며 아무도 미워하지 아니하며, 몇몇 사람을 끔찍이 사랑하며 살고 싶다.

- 피천득 지음, 『인연』, 민음사

서점에서 일하기 전, 기회가 되어 스타트업 회사에서 1년을 다니다 결국 퇴사했다. 엄마의 말에 의하면 나는 걸음마를 뗐을 때부터 매일 순두부를 한 컵씩 먹여서 키웠기 때문에 크게 잔병치레한 적이 없다고 한다. 그다음부터는 어딜 가든 엄마의 야매 순두부 건강법을 설파하며("제가 체력 하나는 자신 있어요!") 야근도 마다하지 않았는데 이번에는 달랐다. 하루 평균 12시간을 일했더니 1년쯤 지나자 몸에서 신호가 왔다. 내 체력을 과신했다.

체력과 더불어 첫 회사 면접장에서부터 줄곧 장점으로 꼽은 나의 무기는 밝고 긍정적인 에너지와 멈출 줄 모르는 무한한 호기심이었다. 하지만 겪고 보니 에너지와 호기심 역시 체력이 뒷받침되어야 가능할 뿐만 아니라 힘들면 팍팍 고갈되는 자원이었다. 몸뚱이만 유한한 줄 알았지 정신도 유한할 줄은 미처 몰랐다.

계속 이렇게 살다가는 '많이 아프고 조금 멋진 삶'을 살 것 같다는 생각이 들어 "저는 여기까지인 것 같습니다…" 말하고 그곳을 떠났다. 물론 그렇다고 해서 '덜 아프고 아주 멋진 삶'을 원하는 건 아니었다. 스물다섯에 살에 직장 생활을 시작하면서 적어도 서른이 되면 오랫동안 할 수 있는 일의 언저리에는 서고 싶다고 노트에 써둔 적이 있다. 아프지 않고 오래오래, 멋진 것도 좋지만 오래오래. 첫 번째, 두 번째 직장은 그런 이유에서 비교적 가뿐하게 그만둘 수 있었다. 세 번째 직장은 이래서 아쉬웠다. 자기 과신이 불러온 비극처럼 느껴졌으므로.

퇴사하고서는 이 사람 저 사람 만나며 일 좀 주세요, 하고 다녔다. 직원으로 써주겠다는 사람은 더러 있었으나 프리랜서로 써주세요, 했더니 전부 거절 일색이었다. 무슨 일을 해야 혼자서도 오래오래 버틸 수 있는 걸까. 열심히 일했는데 직원 이상은 불가능하다고 생각하자 눈앞에 세상이 잿빛으로 변했다. 그렇다고 내가 직접 사장을 하자니 가진 게 미천

했다. 자본도, 능력도…. 그렇게 일자리를 구걸 아닌 구걸을 하고 지내던 중에 연락 한 통이 왔다. 나에게 일거리를 주겠다고 하는 사람이 나타났다!

"한국에서 가장 아름다운 서점을 만들어봅시다."

"아름다운 서점…이라고요?"

스타트업에서 일하며 알게 된 출판사 대표에게서 서점 오픈 멤버를 제안받았다. 생각지 못했다.

몇 년 전만 해도 한국에 아름다운 서점이라고 할 만한 곳은 딱히 없었다. 반면 영국의 매체『가디언(The Guardian)』지에서 자체 선정한 내용에 의하면 네덜란드(부컨들 도미니카넨, Boekhandel Selexyz Dominicanen), 포르투갈(렐루 서점, Livraria Lello), 영국(해처즈 서점, Hatchards), 일본(게이분샤, Keibunsya)에는 있었다. 일본에서 가장 아름다운 서점으로 꼽힌 게이분샤는 전에 방문한 적이 있었기에 가디언 지의 말을 전적으로 신뢰하게 됐다. 그렇다면 한국에도 아름답다고 말할 수 있는 서점이 있어야 하는 게 맞지 않을까. 제안을 받았을 때 그 점에 있어 누구보다도 빠르게 수긍했다.

대표는 우리가 만들 서점의 모습으로 일본 서점 '츠타야'를 제시했다(츠타야(TSUTAYA)는 책만 판매하지 않고, 책과 관련된 라이프스타일까지 면밀하게 큐레이션하여 독자들에게 제안하는 서점이다). 장소는 아마도 서촌이나 성북동이 될 것 같다고 말했다.

스타트업만큼 새롭고 작은 곳은 없을 줄 알았는데 규모가 더 작고 전에 하지 않던 일이라니. 집으로 돌아오는 길에 휴대폰으로 아름다운 서점을 검색해 나오는 콘텐츠를 모두 읽었다. 대부분 해외 서점이었는데 보다 보니 우리나라에도 이런 서점이 생겼으면 좋겠다, 라는 바람이 생겼다. 내가 꾸려나가고 싶은 서점은 어떤 곳일까. 미지의 세계를 상상하는 일은 설렜다. 서점은 일주일에 한 번씩 가는 곳이었지만 서점을 만드는 일은 전혀 다른 일일 테니까. 실은 제안을 받은 후부터 고갈되었던 호기심과 에너지가 되살아나는 게 느껴졌다. 더 고민할 필요도 없이 서점 프로젝트에 합류했다.

성북동의 서점 언니

내 삶에 운이라는 게 포함되어 있다면 나는 그 운을 꺼내 피자처럼 동그랗고 얇게 편 다음 여덟 조각을 내고 싶다. 행운이든 불운이든 몇 개의 운이 남아 있는지 한눈에 알 수 있을 테니까.

성북동에서 카페도 편의점도 아닌 서점을 열게 된 건 행운이었다. 집에서 서점까지 왕복 3시간 거리이긴 했지만 매일 다른 도시로 여행을 떠나는 기분으로 다녔다. 버스 종점에서 유턴해서 내리면 바로 앞에 성 같은 예쁜 건물이 있는데 그 안에 서점 '부쿠'가 있었다. 문을 열기 전에 계단을 오르면서부터 빵 냄새가 솔솔 났다. 프랑스 어느 대학의 연구 결과에 따르면 빵 냄새가 나는 공간에서는 배려나 이타심이 높아진다고 하는데 벌써 착한 사람이 된 것 같았다. 서점 안으로 들어가 아무도 없는 서재에 불을 켜고 밤사이 조금 쌓였을 먼지를 털어내며 책들과 인사했다. 언젠가 읽힐 책들이 꽂혀 있는 우리의 서재에.

서점 실내를 지나 문을 열고 나가면 봄, 여름, 가을, 겨울 다른 풍경을 안겨주는 정원이 있어 지루할 틈이 없고 아침, 점심, 저녁 늘 같은 시간에 책을 읽거나 커피를 마시러 오는 동네 주민들이 있어 시계를 보지 않아도 해가 어디쯤 있는지 알 수 있다.

성북동 언덕 위 하얀 벽돌 건물이 서점이 될 수 있었던 건 대표의 발품과 인내, 과감한 투자 덕분이었다. 서점 위치로 최종 물망에 오른 동네는 광화문, 연희동, 성북동이었다. 위치 선정에 있어 우리가 고려한 조건은 크게 여섯 가지였다.

1. 지명이 서점 콘셉트와 어울리는 감성적인 어감일 것
2. 주변에 맛집이나 카페 등의 상점이 적당히 있을 것
3. 주변에 주택가를 끼고 있을 것
4. 지명도 대비 문화 콘텐츠가 부족할 것(서점, 영화관 등)
5. 주변에 오피스가 밀집되어 있거나 지하철역으로 3정거

장 이내에 오피스나 대학교가 있을 것

6. 구도심으로 주말에도 사람들이 찾아오는 곳일 것

이 조건을 모두 갖춘 곳이 있을까. 회의하면서 의심을 감추지 못했는데 결국 찾아냈다. 서울시 성북구 성북로 167. 지하철 한성대입구역에서 버스를 타고 10분을 더 들어와야 한다는 점에서 접근성은 조금 떨어졌지만 두세 정거장만 가면 대학로가 있다. 연남동이나 성수동처럼 현대적인 문화 공간으로 무장하고 뜨는 동네는 아니었지만 예전에 화가나 문인들이 살았던 곳으로 지금도 크고 작은 문학 전시가 활발히 열린다. 몇몇 줄 서는 맛집과 찻집이 있고 주변은 모두 주택(아파트 없는)으로 이뤄진 동네다. 몇 해 전 수연산방이라는 작은 찻집에 간다는 이유로 처음 이곳에 왔을 때를 기억한다. 복잡한 서울 도심에서 벗어나 산길을 지나서 도착한 동네는 더없이 차분하고 정다웠다. 살면서 받은 적 없는 좋은 인상을 받았다. 서울인데 왠지 복잡하고 화려하지 않아 서울 같지 않은 동네. 꽃과 나무, 절에서 울리는 종소리가 들리는 동네였다.

서점에 방문하기 위해 성북동에 처음 와 봤다는 사람들의 SNS 후기를 볼 때면 나도 모르게 으쓱한 기분이 들었다. 그런 날이면 마치 성북동 홍보대사가 된 것처럼 손님을 붙잡고 이런 말도 격 없이 건네 보았다.

"다음에 날씨 좋을 때 시집 한 권 들고 심우장에 가보세요. 시인 한용운의 생가인데 빛이 잘 들어요. 툇마루도 있어요."

가끔 날이 쾌청하면 시집을 들고 심우장에 갔다. 툇마루에 앉아 햇볕에 얼굴을 그을려보았다. 살짝 달아오를 즈음이면 조용한 가운데 새소리, 나뭇잎 바스락거리는 소리, 바람소리가 들려왔다. 그간 눈과 귀에 쌓인 것들이 단번에 씻기는 기분이 들었다.

눈 오는 날에는 아침부터 눈 치우기 바쁘고, 장대비 내리는 날에는 오후 6시만 되어도 지나다니는 사람 하나 없어 공치는 날도 더러 있다. 하지만 아름다운 성북동 풍경 속에서 책밥을 먹으며 서점원으로, 북 큐레이터로 일하게 된 일이 내 생에 방점을 찍을 만한 행운이라는 점에는 이의가 없다. 살면서 이런 행운을 몇 번이나 가질 수 있을까. 나에게 이제 몇 조각의 운이 남아 있을까.

북 큐레이터의 마음

자신이 일하는 분야를 존중하고 신뢰하는 사람일수록 강하게 드러나는 것 중 하나가 직업 정신이다. 가끔 카페나 레스토랑에 가면 옆 테이블에서 심심찮게 들려오는 말이 있다.

"쟤 또, 직업 정신 발휘하는 것 좀 봐."

카페 하나만 해도 수십 개 업종의 종사자가 관여되어 있으니 어찌 보면 직업 정신을 발휘하는 것은 무의식적 흐름일 수 있다. 만약 카페에 예쁜 커피잔 하나가 있다고 하자. 그걸 본 디자이너는 모양이나 색에 관한 이야기를 할 것이고, 기술자라면 손으로 무게를 가늠하며 소재나 그립감에 관련된 첨

단 기술을 소개해 줄지도 모른다. 기획자나 마케터라면 디자이너와 개발자의 이야기를 들으며 커피잔 하나의 원가가 얼마나 될지 따져본 다음 판매 가능성에 관해 이야기할 것이다. 행동이 빠른 사람이라면 인스타그램을 검색해 커피잔 사진이 얼마나 노출되었는지 수치적 분석까지 해볼 수 있다. 다만, 안타까운 건 점심시간이 끝나면 흩어져 없어질 말들이라는 사실이다.

서점 오픈 멤버로 일해보자는 연락을 받았을 때 이런 직업 정신을 마음껏 발휘할 수 있는 공간을 만들고 싶었다. 책한 권 끝까지 읽기 힘든 시대에 서가에 주제별로 정리되어 진열된 책을 보며 내가 일하고 있는 분야, 내가 아는 이야기를 시작하는 것만으로 책과 친해진 기분이 들 수 있다면. 그 기분만으로 한 권 사서 들고 다니며 틈틈이 읽어 나간다면. 그다음부터는 커피 마시는 자리에, 일하는 책상 위에, 출근길 지하철에도 늘 책 한 권이 함께 있지 않을까.

예전에 마케팅을 한창 공부하던 시기에 유행하던 말이 있다. '나이키의 경쟁자는 아디다스가 아니라 닌텐도다.' 닌텐도 게임기로 실내에서 스포츠를 하느라 집 밖에 나가 뛰어노는 시간이 줄어들어 나이키 신발을 덜 사게 된다는 것이다. 경쟁자를 분석할 때 관점을 바꿔 생각해보라는 의미 정도로 받아들였는데 희한하게 그 뒤로 어떤 일을 하던 경쟁자를 떠올릴 때 새로운 분야를 찾곤 했다. 그런데 정말 이번에는 경쟁자를 찾지 않게 되었다. 책은 분명 물성을 지니긴 했지만 필요를 충족하면 임무가 끝나버리는 소비재의 성격과는 거리가 멀기 때문이다. 낡아 흐물흐물해질 수는 있지만 고장 나서 새것으로 바꾸는 소모품도 아니니까. 물론 이런 경우는 있다. 예뻐서 사는 책, 굿즈 때문에 사는 책. 그런데도 책이라는 이유로, 예술과 문화의 영역이라는 점에서 누군가 책을 샀다고 하면 나는 그것을 소비재와 구분한다. 2019년부터는 책을 사거나 공연을 보면 소득공제도 된다. 실효성에 대한 검증은 필요하겠지만 이점 역시 일반 소비재와 책을 구분하는 자료로 충분하지 않을까. 여하튼 그렇게 해서 내가 경쟁자 대신 찾은 협력자는 커피, 빵 그리고 사람이었다. 이 세 가지 중 하나라도 좋아하는 사람이라면 누구든 책과 친해지고 책을 좋아하고 책에 꾸준할 수 있다. 내가 그랬고, 나와 함께 일하는 사람들이 그랬다. 그리고 무엇보다 서점을 찾은 사람들이 그렇게 말해 주었다.

SNS 엿보는 사람

블로그와 SNS의 유행으로 타인의 일상을 쉽게 엿볼 수 있게 되었다. 길거리에서 우연히 내 옆을 지나가는 사람의 실루엣을 잠깐 훑는 게 아니라 방구석에 누워 밤새도록 그가 남겨 놓은 그의 안팎의 모습들을 실컷 구경할 수 있는 세상이다. 게다가 내가 본 것들에 관해서는 내 명의를 애인에게 넘겨주지 않는 이상 기계와 나 둘만의 비밀로 간직할 수 있으며 방문 기록이나 사용 내역을 저장하는 쿠키마저 수시로 삭제한다면 기계마저 속이는 완전 범죄도 가능해진다. 이쯤이면 철저하게 비밀로 하면서까지 남을 엿보는 심리, 본성을 탐구

하는 게 순서이지만 그것에 관해서는 심리학자와 철학자에게 맡겨둘 생각이다. 왜냐하면 나는 서점원이니까.

엿봄의 결과, 사람들은 남을 엿볼 기회가 많아진 만큼 나를 돌아보는 시간을 갖는다. 현재의 나를 더 나은 미래의 나로 개조할 의지를 갖는 일, 실행하는 일에도 전보다 적극적이다. 특정 단어나 문장을 적어 좋아하는 것, 현재의 기분을 드러내는 데는 아직 익숙하지 않지만 대신 자몽을 짜서 색을 입힌 것 같은 표지 위에 한 시인이 하얀색으로 새긴 글자 『우리는 분위기를 사랑해』(오은, 문학동네)를 찍어 모두에게 공개한다. 그것을 본 한 명이 다시 그와 같이 다른 이들에게 공개하면 뒤이어 10명이, 100명이 힘을 모아 다시 전파한다. 한 10,000명 정도가 같은 이야기를 하게 되면 그것은 시대정신이 된다.

나는 그 지점을 고민했다. 어떻게 하면 서점이 시대의 것이 될 수 있을까. 이미 많은 동네 서점들이 먼저 그 고민을 시작했다는 것도 나는 엿봄을 통해 알았다. 그렇다면 어떻게 해야 나도 동참할 수 있을까. 서점만의 소개 방식이 필요했다. 온라인에서 주로 책을 소개하는 방법은 카드 뉴스나 트레일러 영상처럼 부가적인 것들을 만드는 방식이다. 2~3년 전 만해도 크리에이터가 직접 책을 소개하는 경우는 드물었다. 아마존의 오프라인 서점처럼 아이패드를 서점 곳곳에 비치해볼까, 한쪽 벽면에 스크린을 설치해서 영상을 볼 수 있게 해볼까, 가끔 뮤직비디오나 영화도 볼 수 있으면 어떨까. 그렇게 생각이 점점 산을 오르던 중에 숨을 고르고 떠올린 사람이 있었다. 스티브 잡스다.

문학을 사랑하지만 일할 때만큼은 스티브 잡스처럼 생각하려고 하는 편이다. 누군가를 생각하는 것만으로도 새로운 생각이 나는 진기한 경험을 그를 통해 이따금 해왔다. 덕분에 아날로그 가득한 서점에 '더 아날로그'라는 힌트를 얻었고, '더 아날로그'를 위해 나의 중학교 시절 스트레스의 큰 파이를 담당했던 발표, 프레젠테이션을 떠올렸다. 발표 수업이란 게 활발하게 도입되던 시기이자 파워포인트는 도입되지 않았던 시절이다. 대신 투명 필름 용지인 OHP 필름에 네임펜으로 써서 자료를 준비했고 그 필름을 영사기 위에 올려놓아 스크린에 반사된 화면을 보며 발표했다. 많은 서점을 다녀봤지만 책을 소개하는 다양한 방식 중에 책 위에 낙서하는 방식을 본 적은 없었다. OHP 필름은 투명하므로 책 위에 올려놓고 네임펜으로 낙서를 할 수 있다. '이거다' 싶은 생각이 들자마자 문구점에 가서 OHP 필름과 네임펜을 사 왔다. 그리고 서점에 있는 책들을 하나씩 낙서로 채워나갔다. 더럽혀지지 않는 낙서들로.

우리가 투표한 원 픽

책을 읽을 때 책에 손상을 입히지 않으려고 조심하는 편이다. 밑줄을 긋지 않고, 쉽게 지울 수 있는 연필이라도 끄적이지 않는다. 모서리도 웬만하면 접지 않고 포스트잇을 붙인다. 언제 생각해도 포스트잇은 엄청난 발명품이다. 그런데도 책에 내 생각을 마구 적고 싶은 순간이 있다. 그런 나의 숨은 욕망이 표출된 결과물이 '부쿠 픽(Buku's pick)'이라는 생각이 들었다. 내가 일하는 서점에서 특별히 선택한 책이라는 뜻이다.

부쿠의 픽을 만드는 순서는 다음과 같다. 책을 읽으며 좋았던 페이지를 펼친다. 투명한 OHP 필름을 책 사이즈에 맞게 자른 다음 페이지에 끼운다. 그리고 그 위에 네임펜으로 밑줄을 긋고 짧은 감상을 적는다. 마음에 와닿았던 문장 혹은 이 책을 꼭 읽어야 하는 나름의 이유를 쓴다. 책을 덮어도 그 페이지가 보일 수 있도록 필름 위에 밝은 색상의 마스킹 테이프를 붙이고 마스킹 테이프에 책 제목이 아닌 페이지의 제목을 적는다. 그리고 손님들의 눈에 잘 보이는 곳에 꽂아둔다.

이를테면 헤밍웨이의 『깨끗하고 밝은 곳』에는 '순조롭게 살고 싶다'라는 제목의 페이지가 있다. 페이지를 펼치면 다음 문장에 밑줄이 그어져 있다.

그는 자신의 삶이 복잡해지지 않도록 무척 조심해 왔다.
그런데도 삶은 어느 것 하나 그에게 감동을 주지 않았다.
  - 어니스트 헤밍웨이 지음, 김욱동 옮김, 『깨끗하고 밝은 곳』, 민음사

그 옆에 귀퉁이 여백에 네임펜으로 이렇게 적었다.

나도, 순조롭게 살고 싶다.
평범하게 살기 위해 노력해온 시간들….
  - 『깨끗하고 밝은 곳』 부쿠 픽 중

이어지는 문장에는 다른 색 네임펜으로 밑줄이 그어져 있다.

035

그는 어머니에게 미안한 생각이 들었고, 어머니는 그에게 거짓말을 하도록 만들었다. 그는 캔자스시티에 가서 일자리를 구해 볼 것이고, 그러면 어머니는 그 점에 만족할 것이다. 어쩌면 떠나기 전에 한 번 더 야단법석이 날지도 모른다. 아버지 사무실에는 들르고 싶지 않았다. 그곳은 피하고 싶었다. 그는 자신의 삶이 순조롭게 진행되기를 바랐고, 이제 막 그렇게 되려던 참이었다. 어쨌든 이제는 모든 게 끝나고 말았다. 그는 학교 운동장에 가서 헬렌이 실내 야구 하는 모습을 지켜보고 싶었다.

- 어니스트 헤밍웨이 지음, 김욱동 옮김, 『깨끗하고 밝은 곳』, 민음사

그 아래 여백에는 다른 색 네임펜으로 쓴 문장이 있다.

휴학을 끝내고 취업을 준비할 것이고. 그러면 부모님은 그 점에 만족할 것이다. 집에서는 독립해야지. 함께 사는 건 피하고 싶었다.

- 『깨끗하고 밝은 곳』 부쿠 픽 중

『깨끗하고 밝은 곳』은 단편집이고 위에 소개한 페이지는 「병사의 집」이라는 단편의 마지막 페이지다. 처음부터 끝까지 읽은 사람으로서 느낀 짧은 감상을 적은 것이지만 서점에 와

서 이 페이지를 펼친 사람은 줄거리와 관계없이 이 장면만으로, 1900년대 초반 미국의 장면이지만 2018년의 한국을 자신의 모습을 비춰보면 좋겠다고 생각했다. 실제로 부쿠 픽으로 정한 후에 이 책은 한동안 서점에서 베스트셀러 상위권을 차지할 정도로 잘 팔렸다. 다만, 부쿠 픽을 만드는 일이 프린트로 찍어내듯 뚝딱 할 수 있는 게 아니라 책을 읽고, OHP 필름을 자르고 손글씨로 일일이 쓰는 수고로움을 감당해야 하니 모든 책을 그렇게 할 수는 없었다. 서점과 어울리는 주력 도서, 큐레이터가 직접 읽고 추천하는 책만이 그 혜택을 입을 수 있었다. 그중 자신 있게 소개한 책은 두 권이었다. 직장인이 꼭 읽었으면 하고 바란 여름 소설『여름은 오래 그곳에 남아』와 많은 사람이 입 모아 추천하지만 정작 읽기 전까지는 절대 그 매력을 알 수 없는 멋쟁이 소설『그리스인 조르바』였다.

아이디어를 제안하면 까이고 다시 제안해서 성공하면 얼마 안 가 엎어지는 일을 반복한 경험이 있는 사람으로서 노(老)건축가와 젊은 청년의 건축 사무소의 이야기를 담은『여름은 오래 그곳에 남아』는 상처받은 마음을 다잡게 해 준 고마운 작품이다. 나는 140쪽을 펼쳐 OHP 필름을 끼운 다음 옅은 노란색 네임펜을 꺼내 들어 이 부분을 칠했다.

"건축가란 말이야. 역시 후대까지 기억되는 건축물을 만들지 않으면 주어진 역할을 다한 것이 못 돼. (중략) 건축가가 누군지 모르는 건축물이지만 안에 들어갔을 때 방문한 사람이 편안함을 느끼고, 언제 누가 어떤 생각으로 이것을 설계했는가 상상하게 된다면 정말 멋지지 않겠나? 국립 현대도서관을 어디에서 수주하게 될지 모르지만, 실현되지 못하더라도 플랜은 남겠지. 낙찰받지 못하더라도 젊은 건축가들이 이쪽이 더 좋았을 거라고 생각할 만한 것으로 만들고 싶네. 건축가가 죽은 뒤에 완성되는 건물도 있으니까 말이지."

구겐하임 미술관은 선생님이 사사했던 프랭크 로이드 라이트가 죽고 반년 뒤인 1959년에 준공되었다. 의뢰받았을 때부터 십육 년이라는 세월이 흐른 뒤였다.

- 마쓰이에 마사시 지음, 김춘미 옮김, 『여름은 오래 그곳에 남아』, 비채

그리고는 여백을 찾아 파란 네임펜을 들어 짧게 적었다.

채택되지 않은 아이디어도 소중해요. 우리는 그저 최선을 다해 역할에 매달리면 돼요. 그거면 충분해요.

- 『여름은 오래 그곳에 남아』 부쿠 픽 중

마스킹 테이프 위에 '정말 멋지게 일하는 법'이라는 페이지 제목도 붙였다. 그러자 지금까지 했던 야근들, 묵살된 나의 아이디어들에 있어 어떤 보상을 받은 기분이 들었다. 아무래도 부쿠 픽의 최대 수혜자는 다른 누구도 아닌 나인 것 같았다.

열린책들 출판사에서 출간된 『그리스인 조르바』에는 '상남자를 만나는 시간 / 지금, 자네 뭐 하는가'라는 두 줄의 페이지 제목을 적은 다음 390쪽을 펼쳐 이렇게 적었다.

> 어딘가에 갇힌 삶을 사는 것처럼 느껴진다면, '떠날 용기'가 필요하다면, 조르바를 찾으세요.
>
> - 『그리스인 조르바』 부쿠 픽 중

이번에는 빨간 네임펜을 들어 소설이지만 희곡처럼 보이도록, 말하는 사람이 누구냐에 따라 문장 앞에 '두목', '조르바'라고 각각 적어 주었다.

> 두목「조르바, 가엾은 부불리나 여사를 잘도 잊어버리셨군요.」(중략)
>
> 조르바「새 길을 닦으려면 새 계획을 세워야겠지요! 나는 어제 일어난 일은 생각 안 합니다. 내일 일어날 일을 자문하지도 않아요. 내게 중요한 것은 오늘, 이 순간에 일어나는

039

일입니다. 나는 자신에게 묻지요.〈조르바, 지금 이 순간에
자네 뭐 하는가?〉〈잠자고 있네.〉〈그럼 잘 자게.〉〈조르바,
지금 이 순간에 자네 뭐 하는가?〉〈여자에게 키스하고 있
네.〉〈조르바, 잘해 보게. 키스할 동안 딴 일일랑 잊어버리
게. 이 세상에는 아무것도 없네. 자네와 그 여자 밖에는. 키
스나 실컷 하게.〉」

- 니코스 카잔차키스 지음, 이윤기 옮김, 『그리스인 조르바』, 열린책들

마지막에는 '조르바를 만나면 오늘을 자유롭게 사는 방법
을 알려줄 거예요'라는 호언장담 격의 문구를 적어 넣었다.
평소라면 절대 장담 같은 건 하지 않는 나인데, 다만 몇 명이
라도 이 명분에 공감해 400쪽이 훌쩍 넘는 이야기를 읽을 시
간을 내어준다면 나는 기꺼이 할 수 있다. 그런 마음으로 하
나씩 만들어나갔다.

서점에서는 우리 노동의 결과물을 재활용하지 않았다. 원
하면 누구든 부쿠 픽이 꽂혀 있는 책을 그대로 가져가도록 했
다. 서점에서만이 아니라 집에 가서도, 책을 읽으면서도 누군
가와 함께 읽고 있다는 느낌이 들었으면 해서, 마지막 페이지
를 덮으며 그가 느꼈을 감상과 우리의 감상을 견주어 보길 바
라는 마음에서. 그렇게 같은 시대를 살아가는 사람들이 모여
한 세대를 이루길 소망했다.

그거 해서 먹고살 수 있나요

"요즘 뭐 하고 살아?"

"서점에서 북 큐레이터 해요."

"멋있다. 근데 그거 하면 먹고살 수 있어?"

손님, 지인, 가족 가릴 것 없이 한 번은 짚고 가는 대화. 처음에는 속수무책으로 당했다.

"…(굳은 얼굴)."

그날 이후 서너 개의 상투적인 대답('사람은 죽을 걸 알면서도 살잖아요')을 준비해 돌려 썼다. 그러다가 얼마 전, 문보영 시인의 유튜브 브이로그에서 기발한 대답 하나를 발견했다.

북 큐레이터의 일을 소개하기 전에 "먹고살 만한가요"라는 질문에 대한 답부터 해본다.

다음은 브이로그의 내용을 거의 옮겨 쓴 것이다.

문보영 시인은 '뭐 먹고 사니?'라는 질문을 1818번 정도 들었다. 사람들의 궁금증을 해결해주고자 영상 하나를 만들었다. '시인은 대체 뭐 먹고 사니?' 다른 시인은 모르겠지만 그는 피자를 먹고 산다. 그럼 돈이 어디서 나서 피자를 먹나? 시인은 시인이 시만 쓰고 피자를 먹고 살 수 있는 사회인지 살펴보는 시간을 마련했다. 시인은 시를 써서 원고료를 받는다. 평균적인 시 원고료는 편당 3만 원이다. 시장에서 최저 피자값인 피자스쿨 치즈피자의 가격은 6천 원이다. 시 한 편을 쓰면 피자스쿨 치즈피자 5판을 먹을 수 있다. 피자계의 지존 파파존스 피자는? 수퍼 파파스피자가 26,500원(피자 사이즈가 커지면 3만 원대를 훌쩍 넘는다), 맥앤치즈콘 피자 27,500원이다. 인내와 고난 혹은 작가의 우울증까지 더해 시 한 편 쓰면 파파존스 수퍼 파파스피자 한 판을 먹을 수 있다. 시인은 X 방정식을 만들고 직접 손으로 쓰면서 푸는 과정을 보여주는 노력까지 기울이며 시를 써서 생계를 해결하는 과정을 풀이한다. 시인은 시 한 편에 5만 원을 주는 문예지도 있고, 15만 원을 주는 문예지도 있다는 설명을 끝으로 마무리 지었다.

'부질없다. 돈 때문에 시 쓰는 거 아니니까. 피자 먹으려고

시 쓰는 것도 아니니까. 다만 '의사는 뭐 먹고 살지?'라는 질문이 이상하게 느껴지는 것처럼 '시인은 뭐 먹고 살지?'라는 물음도 이상한 질문이 되는 세상을 꿈꿔 봅니다.'

그렇다면 서점은? 서점에서 책 한 권 팔아서는 피자스쿨 치즈피자 한 판도 못 사 먹는다. 길거리 떡볶이 한 접시는 사 먹을 수 있지만 즉석 떡볶이는 못 사 먹는다. 커피 전문점에서 보통 하루 100잔을 팔면 된다고 하는데 웬만한 동네 서점은 하루에 10권 팔기도 쉽지 않다. 돈 때문에 서점 하는 거 아니니까. 떡볶이 사 먹으려고 책 파는 거 아니니까. 서점에 가서 '이상한' 질문을 하기보다 책 한 권 추천해달라고 말해주세요.

유튜브: 특집 어느 시인의 브이로그 #시인의생계 #일상
www.youtube.com/watch?v=n7baW5stJHA

미래에 유망할 직업

커서 뭐가 될지 고민이 무궁무진했던 중학생일 적에 나는 신문에서 '10년 후 각광받는', '미래 유망직종' 같은 제목의 기사를 보면 가위로 잘라서 스크랩북에 끼워 두곤 했다. 우표 수집처럼 잘 모아두기만 하면 나중에 큰 자산이 되거나 내가 그렇게 되어 있을 것으로 생각했다. 하루는 유망 직업 기사를 스크랩하는데 모르는 단어가 하나 있었다. 그때 우리 집에는 컴퓨터가 없어서 검색 찬스는 쓸 수 없었고, 백과사전이 있었지만 한 권이 아니라 열 권이 넘어 어느 걸 봐야 할지 알 수 없었다(그 이유로 아직도 백과사전을 펼쳐보지 못했다). 질문하는 것도 두려웠다. 결국 누구에게도 물어보지 못한 채 나름의 추론과 지레짐작만으로 그 직업을 '병아리 감별사'라고 정의해 버렸다. 그때부터 나의 유망 직업 목록에는 병아리 감별사가 있었고, 병아리 감별사를 내 장래 희망 우선순위에 놓을 것인가를 두고 며칠을 고민에 빠졌다. '돈을 많이 번다는데…', '그래도 병아리 감별사를 내가 할 수 있을까…'와 같은. 고등학생이 되면서는 교실 친구들 대다수의 꿈이 '대학 입학'으로 수렴했고 나 역시 자연스럽게 그 꿈을 잊었다. 후에 스무 살이 넘어서 스크랩북을 봤을 때도 나는 그 단어를 몰랐다. 정말 어려운 단어가 맞았다. 다행히 손에 휴대폰이 있었고 검색한 번에 알게 되었다. '변리사: 지식재산을 특허권으로 만들어 보호해주거나 도와주는 전문 직종. 2010년부터 지금까지도 전문직 연봉 1위'.

현재 중학생에게 '북 큐레이터'라는 직업을 알려준다면 어떻게 해석할까. 실제로 중학생들이 서점에 견학 온 적이 있던 날, 선생님 한 분이 나를 소개하며 "여러분, 이분이 서점의 북 큐레이터랍니다"라고 말했을 때 멀뚱멀뚱 쳐다보던 아이들의 표정을 보았다. 변리사와 병아리 감별사만큼은 아니겠지만 아직은 생소하고 불분명한 단어로 분류될 거라는 생각이 들었다. 이미 다양한 구독 서비스에서 '고객 맞춤', 또는 '선별'의 의미로 큐레이션이라는 단어를 사용하고 있지만 주된 쓰임은 미술관에서 비롯되었으니까. 내가 서점에 적용하려 했던 부분도 미술관 큐레이터의 일과 부합했다.

> 큐레이션의 목적은 개별 작품을 적절히 배열 및 구성하여 하나의 이야기를 만들어내는 것이다. 즉, 전시된 작품 전체가 하나의 이야기를 구성하도록 하는 것이다. 큐레이터는 독립돼 있는 아름다운 것들에 의미를 부여하는 사람이다.
> – 로히트 바르가바 지음, 이은주 옮김, 『트렌드 큐레이팅 아이디어』, 심포지아

자칭 '트렌드 큐레이터' 로히트 바르가바가 정의한 큐레이션의 목적이다. 서점에서의 큐레이션 역시 서점에 책을 배열하는 것 이전에 처음부터 서가에 어떤 책을 채울 것인가의 단계부터 시작된다고 볼 수 있다. 만화책이나 참고서를 포함할 건지, 독립 출판물과 잡지의 비중을 얼마나 가져갈 것인가 하는 고민이다. 그다음에는 서점에 놓인 책들 자체로 하나의 이야기를 구성할 수 있도록 한다. 입구에 귀여운 일러스트의 동화책을 진열하는 것과 초현실주의 미술가의 작품집을 세워 두는 건 누가 봐도 다른 이야기를 상상케 만드는 작업일 테니까. 동시에 서가에 꽂힌 책에도 의미를 부여한다. 이 부분에서는 북 큐레이터의 취향이 한껏 반영될 수 있다. 서가를 담당하는 큐레이터들의 취향이 완벽하게 일치할 리

는 없다. 각자의 취향을 모아 서점의 분위기를 만들고 손님들에게 독특한 경험을 제공하는 것. 여기까지가 우리가 부여한 북 큐레이터의 역할이다. 뿐만 아니라 그는 미술 평론가이자 작가인 데이비드 블레이저의 책을 소개하며 큐레이터의 역할을 강조했다.

> 블레이저는 이 책에서 큐레이터가 '가치를 부여하는 사람'으로 진화하는 모습을 설명한다. 큐레이션론의 등장으로 각 작품이 의미하는 바를 생각하지도 않은 채 아무렇게나 마구잡이로 진열해놓는 식이었던 그동안의 전시 관행에 변화를 불러일으킬 수 있다고 보고 있다. 요컨대 '작품을 충분히 이해한 연후에 의미를 담아 전시하는' 관행이 필요하다는 것이다. 큐레이션의 가치는 충분히 시간을 들여 곰곰이 생각하면서 필요한 정보를 수집하는 과정을 통해 자신이 감상하는 작품 혹은 수집하는 작품의 진정한 의미를 이해하는 데서 나온다.
>
> - 로히트 바르가바 지음, 이은주 옮김, 『트렌드 큐레이팅 아이디어』, 심포지아

바리스타가 매일 커피를 수십 잔 마시는 것처럼 북 큐레이터, 서점에서 일하는 사람이라면 매일 읽을 수 있는 시간과 공간을 마련해야 한다. 그만큼 내 제품에 가치를 부여하기 위

해서 충분한 시간을 들여 곰곰이 생각하고 이해하는 시간이 필요하다. 나는 이 당연한 걸 당연하지 않게 생각하는 순간이 오지 않도록 늘 경계한다.

또 하나, 블레이저의 설명 중에 '가치를 부여한다'는 말이 다소 추상적으로 느껴질 수 있다. 그럴 땐 시각 자료의 도움을 받는 게 좋다. 나는 영화 〈베스트 오퍼〉의 도움을 받았다. 세기의 경매사로 불리는 주인공 버질 올드만은 예술품이 있는 곳이라면 어디든 한걸음에 달려가는 열성적인 감정인이다. 그는 자신이 감정한 작품을 최고가에 낙찰시킴으로써 가치를 부여한다.

책 역시 손에 들고 눈으로 직접 읽기 전에는, 읽고 난 후에도 당장 효용을 체감하기 어려운 물건이므로 일종의 감정이 필요하다. 좋은 책이라는 판단이 서면 그때부터 추천하면 된다. 올드만처럼 세기의 경매사가 되지 않더라도 서점의 베스트셀러를 만들 수 있겠다는 확신이면 충분하다. 성북동에서 신혼 생활을 보낸 세계적인 화가 김환기와 아내 김향안의 사랑 이야기를 그려낸 정현주 작가의 에세이 『우리들의 파리가 생각나요』는 내가 일한 서점에서 베스트셀러가 되었다. 최고가의 예술작품이 더욱 폭넓은 사랑을 받는 것처럼, 내가 만든 베스트셀러가 오래 사랑받을 수 있다면 그만큼 가치 있는 일이 또 있을까.

미래에는 북 큐레이터가 '책 감정인', '가치 창출 전문가' 라는 단어로 소개될지도 모를 일이다. 어느 분야든 가치를 창출하는 건 위대한 능력으로 손꼽힐 테니 말이다. 지금 하는 일이 생소하고 불분명한 일이더라도 당분간은 개의치 말자. 미래엔 유망해질 수 있어!

질문의 힘

인터뷰를 중심으로 하는 어느 TV 프로그램에서 진행자가 출연자에게 이렇게 물었다. '당신에게 인생이란 무엇인가요?' 출연자는 진행자에게 그 질문에 어떻게 대답할 수 있을지 역으로 물었다. 그때 옆에서 가만히 듣고 있던 다른 패널이 질문을 바꿔보는 게 어떻겠냐고 제안했다.

'나는 인생에 어떤 의미를 부여하고 싶은가?'

출연자는 그제야 질문에 답했다. 첫 번째 질문과 두 번째 질문의 차이는? 얼핏 보면 비슷한 말인 것 같지만 첫 번째 질문은 100명에게 물어봤을 때 좀처럼 빠른 답을 내리기 어려운 종류의 질문이고 두 번째는 100명에게 물으면 비교적 원활하게 100개의 답이 생길 수 있는 질문이다.

인생의 답은 질문에서 출발한다. 옳다고 생각하는 질문을 해야 조금이라도 더 괜찮은 답을 써낼 수 있을 것이다. 서점을 만드는 일도 마찬가지다. "서점 일을 해서 먹고살 수 있나요?"라는 질문만큼 옳지 않은 질문도 없다. 그 질문에는 '먹고살 수 없잖아'라는 판단이 들어 있다는 점에서 그렇다.

서점에서 일하기로 마음먹은 사람에게 적절한 질문은 어떤 게 있을까. 서점 멤버들이 모여 '어떻게 해야 사람들이 서점에 올까'라는 질문 대신 '서점에 사람들이 오려면 누가 필요할까'라고 질문했다. '책을 많이 팔 수 있는 방법은 뭘까' 대신 '서점에서 책을 사도록 유도하려면 무엇이 필요할까'라는 질문을 던졌다. 그리고 하나씩 찾은 답을 모아 정리해 요리조리 이었다. 그랬더니 서점의 콘셉트이자 커뮤니케이션 메시지라고도 할 수 있는 답이 완성됐다.

부쿠(BUKU)는 읽고 추천하는 큐레이션 서점입니다. 매일 아침 갓 구운 빵과 바리스타의 까다로운 정성이 가득 담긴 커피를 함께 서비스합니다. 서울 성북동에서 365일 당신을 기다리고 있습니다.

– 서점 블로그 소개 중

답을 내렸으니 손발만 분주히 움직이면 되었다. 그래야 하는 일들만 산적해 있었다. 서점의 책장을 세심하게 꾸려야 하는 북 큐레이션은 내가 맡기로 했다. 바로 다음 날 채용공고를 올려 책 좋아하는 파티시에와 바리스타를 찾았다. 그들이 역할을 해내는 데 필요한 장비들을 함께 샀다. 커피와 빵을 파는 서점이라는 이미지를 만들고 싶었다. 커피 마시다가 심심하면 책을 보는 북 카페, 책 읽다가 따뜻한 커피를 한 잔 마실 수 있는 서점이다. 커피 맛이 없고 책만 많은 북 카페가 아닌 커피와 빵이 맛있어서 왔다가 책을 고르고 사게 되는 서점이라는 이미지와 그 공간의 경험을 어떻게 현실화할 수 있을지 머리를 맞대며 고민했다.

서점과 카페와 빵집이 한 곳에 있는 공간은 파티시에도 바리스타도 나도 처음이라 초기에는 대혼란의 시기를 거쳐야 했다. 빵을 먹다가 책에 묻히는 경우, 커피를 마시다가 실수로 책에 쏟는 경우, 대화 소리가 큰 손님들과 반대로 조용히 책을 읽고 싶은 손님들의 민원이 동시에 쏟아지는 경우 등. 서점을 연 지 3개월 정도 지났을까, 서점에 어떤 형체 없는 분위기가 만들어졌다. 그 분위기는 과연 우리가 원하는 분위기였다! 그런 분위기를 만들어 내는 데 가장 유효했던 건 이 질문이었던 것 같다.

Q. 우리에게는 어떤 팀원이 필요한가?

A. 책을 사랑하고 소중히 여기는 사람.

커피와 빵을 만드는 그들이 서점 일도 한마음으로 고민해 주었다. 그 결과 아이스커피에 책이 젖지 않도록 플라스틱 컵 가운데에 끼우는 홀더 대신 종이컵을 하나 더 씌워서 제공하고, 책상 위에 파우더 가루가 날리지 않는 메뉴를 개발해 판매할 수 있었다. 크라프트지 봉투에 빵을 담아서 집에 갈 때의 즐거움, 그 기분을 책에도 옮겨보고 싶어 책을 종이봉투에 담아 주자는 아이디어도 만들어졌다.

어쩌면 '좋은 사람은 찾기 어렵다'는 사람들의 말 속에는 '내가 찾는 좋은 사람은?'이라는 질문이 생략된 걸지도 모른다. 답을 찾는 수고만큼 질문을 만드는 연습도 해야겠다는 생각이 들었다.

거기에 행복이 있냐는 질문에

어릴 적 네 잎 클로버를 찾느라 무수히 많은 세 잎 클로버를 짓밟은 기억이 있다. 행복이 도처에 널려 있어 행운을 거머쥐는 일에 열 올리기 바쁜 시절이었다. 요즘은 네 잎 클로버든 세 잎 클로버든 보고도 그냥 지나친다. 그걸 따서 정성스럽게 코팅할 시간도 없거니와, 코팅해서 끼워 둘 적절한 책도 없다. 무엇보다 행운도 행복도 내 삶의 순위에서 밀려난 지 오래되었기에.

"회사 다닐 때보다 얼굴이 좋아 보여요, 행복해 보여요."

서점에서 일하는 모습을 보고 행복을 말하는 사람이 하나

둘 생길 무렵이었다.

'정말 그렇게 생각하시나요? 양서를 읽으면 나도 좋은 사람이 된다는데 책을 팔아서도 그렇게 될 수 있을까요?'

한껏 염세적인 사람의 얼굴이 되어 묻고 싶지만 삼켰다. 대신 노트를 펴 요목조목 적어보았다. 서점에서 일하며 예전과 달라진 것들을.

하나. 내가 좋아하는 책과 하루 8시간, 주 40시간을 함께 보내면 좋을 수밖에 없다. 특히 '오늘 깨어 있는 시간에 무엇을 하는지가 내일의 나를 만든다'는 말에 집착하는 나 같은 사람에게 서점 업무는 더없이 밝은 미래를 희망하게 하는 종류의 일이다. 매너리즘에 빠져드는 주기도 확실히 길어졌다. 하고 싶지 않은 일을 주 40시간 반복하면 1분에 한 번씩 허무가 찾아오고 24시간 주기로 무기력해진다. 모두가 아는 사실이다.

둘. 매일 찾아오는 사람들이 있어서 반갑다. 하지만 가끔 갇힌 느낌이 들어 답답했다. 서점에서 일하기 전에는 대부분 밖에 돌아다니면서 일했다. 그 탓인지 한 곳에 머물러 책을 사러 오는 손님을 기다리는 일이 생각보다 쉽지 않았다. 바깥에 나가 "책 읽으러 오세요~" 호객을 하려 해도 지나다니는 사람이 많지 않았다. 그럴 땐 직원이 아니라 손님인 척 자리를 잡고 책을 펴보지만 소용없다. 가끔은 몰래 뛰쳐나갔다.

거래처 미팅을 일부러 만들거나 시장 조사를 핑계로 다른 동네를 누볐다. 사람은 적응의 동물이 아니던가. 언젠가는 길들겠지만 그 전까지는 동네 여기저기를 휘젓고 돌아다니던 일상을 그리워하며 살겠지. 끝끝내 적응 못 하면? 이동식 서점을 할 수도 있다. 나에게는 운전면허증이 있으니까.

셋. 책을 소개하고 판매하는 일은 비교적 어렵다. 거칠게 표현하자면 약도 팔아봤고 신문도, 앱(APP)도 팔아봤지만 책을 파는 것만큼 어렵진 않았다. 약은 경쟁이 치열한 만큼 기본적으로 수요가 많다. 판매자 입장에선 공급가만 잘 맞추면 1년 치 목표를 몇 개월 만에 팔아 치울 수도 있다. 신문? 요즘 신문을 누가 보냐고 물을지도 모른다. 물론 종이 신문을 구독해서 보는 사람은 기하급수적으로 줄어들었고 휴대폰만 켜면 인터넷 뉴스를 공짜로 볼 수 있는 시대에 살고 있기에 광고비나 후원만으로는 유지가 어렵다. 그런 점에서 많은 이들이 언론사의 미래를 낙관하지 않지만 언론사는 정보를 가지고 있는 곳인 만큼 생각보다 돈 벌 거리가 다양하다. 할 수 있는 게 많아 아무것도 못하거나 제대로 하지 못하는 상황이 벌어지고 있는 곳이 언론사다. 애플리케이션을 만들고 판매하는 건 시대의 흐름에 자연스럽게 올라타는 일이다. 믿을 수 없을 만큼 다양한 앱이 쏟아지고 있지만 사람들은 그것보다 빠른 속도로 새로운 기능을 장착한 앱을 소비한다. 친구의 인스타그램 피드만 봐도 알 수 있다. 매번 사용하는 카메라 필터 앱이 다르다. 1,000~2,000원이면 살 수 있으니까. 반면 1,000~2,000원 하는 중고 책, 전자책(e-book)은 한 번 사는 것조차 참 어렵다.

노트를 덮으며 한 번 더 생각해 보았다. 나는 행복한 걸까. 중국 속담에 이런 말이 있다. '행복은 햇살과 같아서 아주 작은 그림자로도 차단된다.' 지금 행복한가 아닌가를 두고 그 전의 행복 혹은 불행과 비교하며 조목조목 따져보아도 결론은 없다. 아니, 알 수 없다. 행복은 말 그대로 햇살처럼 잠깐 비쳤다가 순식간에 사라지는 거니까.

거기에 행복이 있느냐고요?

오늘의 햇살만큼 있습니다, 행복.

사람을 만나야 하는 이유

나이와 경험이 필연적으로 우리 뇌에 새겨지는 경우를 몇 가지 알고 있다. 예를 들어 운동을 하고 나면 몸이 개운해진다는 것, 야식을 먹으면 아침에 얼굴이 붓는다는 것, 새로운 사람을 만나면 새로운 생각을 하게 되고 새로운 장소에 가면 특별한 일이 생겨난다는 것.

그리고 이 모든 걸 알면서도 우리가 망설이는 이유도 두 가지쯤 알고 있다. 하나는 몸에 배지 않아서다. 아침에 일어나서 물을 마시는 것처럼, 아침에 뇌보다 몸이 먼저 깨어나 헬스장으로 뛰어가는 습관이 몸에 밴다면 우리는 아는 만큼 건강해질 것이다. 두 번째 이유는 날씨다. 기분이 날씨에 영향을 받는다는 건 자명한 사실이다. 햇빛을 오래 못 보면 우울한 기분이 들거나 습도가 높은 곳에 오래 있으면 짜증이 나는 것처럼. 거기에 더해 기분이 현재나 미래의 내 행동에 대한 주도권을 갖는다는 것 역시 부정하기 어렵다. 우울하면 아무것도 하기 싫어지는 것처럼. 어찌 보면 참선이나 명상을 통해 평정을 유지하려는 이유도 기분에 주도권을 내어주기 싫어서이지 않을까. 내 행동을 결정할 권리는 기분이나 날씨가 아니라 이성적 판단에 있다고 외치고 싶은 마음에.

서점에서 일하며 나는 날씨를 이긴 시인을 만났다. 장마 첫날이었고, 성북동 언덕에는 온종일 비가 내리고 흐르고 고였다. 서점에는 손님이 없었다. 비 오는 날, 무더운 날, 습한 날, 추운 날, 눈 오는 날은 그렇지 않은 날보다 손님이 적은데 하필이면 주말이나 연휴, 이벤트가 주로 열리는 날의 날씨가 꼭 그렇다. 손님의 흔적이라도 보고 싶어 정원에 나갔다가 비를 맞고 있는 다육식물들을 발견했다. 곧장 실내로 옮겨와 에어컨 바람 아래에서 흠뻑 젖은 몸을 조금씩 말려주었다.

저녁이 되자 발걸음이 하나둘 모여들었다. 언덕에서 내리막으로 세차게 흐르는 빗물을 거스르며 모여든 사람들이다. 그날은 시인과의 만남이 있는 날이었다. 비 때문에 신청자의 반도 안 오면 어떡하지 노심초사하고 있는데 마침 시인이 먼저 도착했다. 시인의 이름은 박준. 그전까지 그를 실제로 본 적이 없는데도 나는 한눈에 알아볼 수 있었다. 왜냐하면 얼굴에 시인이라고 쓰여 있었기 때문이다(정말이다. 시인의 얼굴에는 시인이라고 쓰여 있다. 물론 다른 시인은 직접 본 적이 없어서 모두가 그렇다고 단정 지을 수는 없지만). 다가가 인사하자 시인은 밝게 화답하면서 한 가지 부탁할 게 있다고 했다.

시인의 부탁을 처리하는 동안 사람들이 모두 제자리를 찾아 앉았다. 시를 사랑하고 시인을 만나기 위해 온 이들이다. 궂은날에 이렇게 와주셔서 감사하다는 시인의 말이 진심이라는 건 빈자리 없이 가득 찬 객석이 말해주었다. 분위기가 무르익어 빗소리가 들리지 않을 즈음, 시인은 아까 부탁한 걸 지금 나눠주면 된다고 말했다. 똑같은 글씨가 인쇄된 종이를 객석에 나눠주었다. 바로 시, 세상에 없는 시였다. 다른 곳에는 없고 지금 이 공간에서만 허락된 시다. 이곳에 온 사람들만 볼 수 있고, 읽을 수 있고, 시인의 목소리로 들을 수 있는 시였다. 시를 다 나눠주자 시인은 시를 읽기 시작했다. 모두 아는 단어들인데 시인의 목소리로 듣자 세상에서 가장 낯선 단어처럼 느껴졌다.

오늘은 지고 없는 찔레에 대해 쓰는 것보다 멀리 있는 그 숲에 대해 쓰는 편이 더 좋을 것입니다 고요 대신 말의 소란함으로 적막을 넓혀가고 있다는 그 숲 말입니다 우리가 오래전 나눈 말들은 버려지지 않고 지금도 그 숲의 깊은 곳으로 허정허정 걸어 들어가고 있을 것입니다 오늘쯤에는 그해 여름의 말들이 막 도착했을 것이고요 셋이 함께 장마를 보며 저는 비가 내리는 것이라 했고 그는 비가 날고 있는 것이라 했고 당신은 다만 슬프다고 했습니다 하지만 오늘은 그 숲에 대해 쓸 것이므로 슬픔에 대해서는 쓰지 않을 것입니다 머지않아 겨울이 오면 그 숲에 '아침의 병듦이 낯설지 않다' '아이들은 손이 자주 베인다'라는 말도 도착할 것입니다 그 말들은 서로의 머리를 털어줄 것입니다 그러다 겨울의 답서처럼 다시 봄이 오고 '밥'이나 '우리'나 '엄마' 같은 몇 개의 다정한 말들이 숲에 도착할 것입니다 그 먼 발길에 별과 몇 개의 바람이 섞여들었을 것이나 여전히 그 숲에는 아무도 없으므로 아무도 외롭지 않을 것입니다

– 박준, 「숲」

　'숲'이라는 제목의 시에는 여름, 그리고 장마가 있었다. 이 날을 위해 쓰인 시처럼. 그는 과연 장마의 첫날이라는 일기예보를 보고 시를 준비한 걸까. 아니기를, 그저 우연의 일치였기를, 하고 바랐다. 시 낭송이 끝나자 내리던 비도 그쳤다.

어둠만 남은 까만 밤이었지만 사람들의 얼굴은 아침 햇살처럼 밝고 환했다. 늦은 시간이었는데도 끝까지 남아 시인과 사진을 찍는 풍경이 훈훈했다. 찰칵, 하고 남긴 증거가 이제 그들의 오늘은 분명 어제와 다를 것이라는 걸 말해줄 것이다. 내일까진 모르겠지만 적어도 오늘은 말이다.

　몇 개월이 지나고 「숲」이 실린 시집이 출간되었다. 『우리가 함께 장마를 볼 수도 있겠습니다』이다. 시집 제목만 보았는데 단숨에 그 시가 떠올랐다. 그리고 그날 성북동에서 날씨를 이긴 한 시인을 떠올렸다.

일하면서 성덕 되기

“네? 북 토크를 해주신다고요?”

메일함을 보자마자 그의 사무실에 전화를 걸어 한 번 더 확인했다. 간절한 마음으로 제안했지만 애초에 큰 기대는 하지 않았다. 워낙 바쁜 사람이라는 것을 알고 있으니까. 게다가 TV 출연으로 소위 말해 ‘몸값’이 높아졌을 거란 생각에 한편으로는 북 토크 예산이 걱정되기도 했는데 이 역시 많은 배려를 해주셨다. tvN 〈알쓸신잡(알아두면 쓸데없는 신비한 잡학사전) 2〉의 잡학 박사이자 건축가 유현준의 동네 서점 북 토크는 그렇게 일사천리로 성사되었다.

〈알쓸신잡〉시즌 1 때부터 이 프로그램의 애청자였지만 그때는 서점 일을 하지 않을 때라 그런지 패널들의 책을 열심히 찾아보진 않았다. 새롭게 꾸려진 〈알쓸신잡〉시즌 2의 첫 화를 보고 나서는 좀 달랐다. 직업 정신을 십분 발휘해 다음 날 출근과 동시에 패널들이 쓴 책을 입고해 동시다발적으로 읽었다. 그중 유현준 건축가가 쓴 『도시는 무엇으로 사는가』는 처음부터 끝까지 단숨에 읽었다.

그는 글씨를 배우기도 전에 책부터 읽었는데 다름 아닌 그림 성경책이었다고 한다. 무슨 내용인지도 모르면서 그림을 보며 이야기를 상상하는 작업만 수십 번을 거친 후에, 비로소 글로 된 성경을 읽었다고 한다. 알게 모르게 훈련된 이미지로 이야기를 만들어내는 그의 상상력은 건축 쪽에서만 발휘되는 것은 아닌 듯했다. 책을 읽는 내내 머리에는 그에 상응하는 장면들이 스쳤다. 지금껏 내가 살아왔고 현재도 사는 '도시', 매일 지나는 건물과 길에 관한 이야기라 가만히 있어도 떠오르는 것일지도 모르지. 어쨌거나 TV, 마당, 아파트, 수도 등 익숙한 일상의 단어들로 써나간 그의 이야기는 지루할 틈이 없었다.

한 가지 예로 든 게 TV다. 그는 우리가 TV를 많이 보는 이유가 따로 있다고 말한다. 일반적으로 볼 게 없어도 TV를 틀어 놓는 건 적막함을 없애기 위해서라고 이야기하던데 책에서는 '거실에서 일어날 수 있는 이벤트 수가 줄어서'라는 얼핏 수학적으로 보이는 예시를 더해 설명한다.

> 마당 있는 주택이 넓은 평수의 아파트보다 더 넓어 보이는 이유는 무엇일까? 그 이유는 마당이 계속해서 바뀌기 때문이다. 주상복합에 아무리 넓은 거실이 있다고 하더라도 그 거실의 인테리어가 매일매일 시시각각 바뀌지는 않는다. 하지만 마당은 때로는 비도 오고, 햇살도 비치고, 눈이 내리기도 하고, 낙엽이 떨어지기도 한다. 아침의 동편 햇살을 받은 마당과 저녁 노을의 마당이 다르고, 밤이 되어 어두운 달빛을 담은 마당은 또 완전히 다르다. 그 밖에도 마당에서 이루어지는 이벤트는 다양하다. 고추를 말리기도 하고, 바비큐를 할 수도 있다. 이러한 다양한 이벤트와 날씨가 마당의 얼굴을 항상 바꿔 준다. 마치 마당은 매일매일 벽지와 가구가 바뀌는 거실이라고나 할까? 그렇기 때문에 단순하게 고정되어 있고 매일 TV 보는 행위 외에는 별다른 일이 일어나지 않는 거실과는 비교가 안 되는 것이다.
>
> – 유현준 지음, 『도시는 무엇으로 사는가』, 을유문화사

책을 읽으며 빛이 들지 않는 침침하고 고요한 아파트 거실과 해 질 무렵 주황빛 하늘 아래 흙먼지를 일으키며 요란

하게 앞마당을 뛰어다니는 외가의 똥개가 떠올랐다. 그다음에는 한강이 훤히 내다보이는 동시에 서울 숲도 내려다 볼 수 있는 서울의 초고층 아파트 거실에서 최불암 할아버지가 나오는 〈한국인의 밥상〉을 보며 홀로 라면을 먹는 TV 속 어느 연예인의 모습이 생각났고 책상과 침대, 유리문으로 안이 들여다보이는 변기와 세면대, 그리고 벽이 전부인 고시원에서 누군가가 멍하게 앉아 있는 모습까지 그려졌다. 단순히 TV가 있고 없고의 풍경을 그리는 것에서 시작해 마지막에는 풍경 속에 녹아든 외로움, 고독을 생각하게 되는 기이함을 경험했다. 그 기이함은 유현준의 책을 읽으면서 자주 느꼈다. 그래서 사람들은 셀프 인테리어를 하고 집 꾸미기 앱을 다운받아 화려한 소품을 사고 따뜻한 조명을 켜서 공간을 바꾸려고 하는 걸 수도 있겠다. 외로움을 덜 느낄 수 있으니까.

이런 감상을 '부쿠 픽'으로 만들어 페이지 사이사이에 끼워 두고 서점에 오는 손님들에게 소개했다. 여기에 방송의 힘이 더해져 이 책은 몇 주간 서점에서 가장 많이 팔린 책이 되었다. 나에게도 좋은 책이 서점에 온 손님들에게도 좋은 책이 되었다. 이번에는 이런 욕심이 생겼다.

'건축가인 유현준 잡학 박사가 서점을 보고 나서 과연 어떤 말을 해 줄까?', '그가 생각하는 앞으로 한국에 필요한 서점의 모습은 무엇일까?' 북 토크가 성사되고 3일 만에 신청이 마감되었다. 사전에 질문을 받고 북 토크에서 답을 하는 방식으로 진행하기로 했다. 사회는 내가 맡았다. 동네 주민은 물론이고 멀리서 그를 보기 위해 성북동까지 찾아와준 사람들 덕분에 화기애애한 분위기 속에서 행사가 마무리되었다. 북 토크를 하지 않았다면 영원히 알 수 없을 것 같았던 몇 가지도 알게 되었다. 하나는 유현준 건축가가 서점 북 토크에 선뜻 나서기로 한 게 사무실 직원의 추천 덕이었다는 것이다. 서점을 오픈한 지 얼마 되지 않았고 입소문도 나지 않을 때였는데 그는 이미 내가 일하던 서점을 알고 있었다. 직원 중 한 명이 여자친구와 성북동에 정말 아름다운 서점에 다녀왔다며 추천한 곳이었는데 며칠이 안 돼 마침 섭외 요청이 왔다고.

다른 한 가지는 바로 한국에 필요한 서점의 모습이다. '서점은 이런 모습이어야 해'라고 특정하지 않았지만 북 토크를 통해 서점은 누구와도 '소통할 수 있는 서점'이라는 답을 얻었다. 내가 일했던 서점은 성북동 주택 단지에 좀 더 어울리는 곳이었다. 한가로운 동네에 있는 한가로운 분위기의 서점이었는데, 이보다 많은 사람이 주택보다는 아파트 단지가 밀집한 지역에 산다. 그곳에서 함께 소통할 수 있는 서점의 모습은 무엇일까 고민하게 되었다. 동네마다 도서관이 있긴 하지만 대여보다 소통이 중심이 되는 서점이 우리에게 필요한 서점이라는 걸 긍정할 수 있는 시간이었다.

067

개인적으로는 이 만남을 통해 서점에서 일하면 다른 건 몰라도 '성(공한)덕(후)이 될 수 있겠다'는 걸 깨달았다. "저희는 멀리 있지 않아요 여러분 곁에 있어요"라고 말하며 팬 미팅 자리에 서는 연예인처럼 작가들도 작업실에서 나와 독자들과 자주 팬 미팅을 하게 될 날을 상상해본다. 그날까지 더 많은 작가의 더 많은 책을 읽고 좋아하며 지내야겠다 다짐한다.

팟캐스트 '술김에 책 읽는 여자 둘'

언젠가 서점 혹은 출판 시장에 발을 들이게 될 거라는 예감은 팟캐스트 채널 오픈과 함께 시작되었다. 〈술김에 책 읽는 여자 둘〉은 서서히(친구의 별명)와 내가 5년째 진행 중인 라디오 이름으로, 우리는 줄여서 '술.책.녀'라고 부른다. 주변 사람들에게 "나 팟캐스트 해"라고 말하면 처음에는 예외 없이 이렇게 묻는다. "진짜 술 마시면서 하는 거야?" 그 누구도 어떤 책을 이야기하는지, 이런 책도 소개하는지 같은 '책' 질문을 한 적은 없다. 그런 탓에 나는 '어떻게 하면 책이랑 친해질 수 있나요', '책을 잘 읽지 않는데 책을 좋아하게 될 날이 올까요'라는 질문에는 책의 장점을 말하지 않기로 했다. 차라리 술맛이 좋아진다거나, 술자리가 영원히 끝나지 않을 수 있는 방법으로서의 책 읽기를 권하는 게 승률이 높을 것이다. '술맛 강화를 위한 책 읽기 워크숍' 같은 걸 여는 것도 하나의 방법이 될 수 있겠다.

어느 여름, 8월의 마지막 날 우리는 더위를 이길 방법으로 북촌에 있는 영화관 씨네코드 선재를 택했다.

"언니, 여기 갈래?"

"응."

"영화 보고 나서 토크도 하는 거래."

"좋아, 좋아."

"안나 카레니나, 변영주 감독, 정혜윤 PD."

"신난다!"

몇 년째 이어지고 있는 우리의 만남에는 '영화' 혹은 '서점' 놀이가 끼어 있다. 나를 언니라고 부르는 서서히. 이름이 서희인데 별명 붙이기 좋아하는 나는 언제부턴가 그를 서서히라고 부르고 있다. 몇 년 전 멘토와 멘티로 만난 우리는 어느새 친구가 되었다. 서로의 취향이 완벽하게 일치하는 건 아니지만 누구든 한쪽이 가자고 하면 묻지도 따지지도 않고 함께 간다. 마치 시도 때도 없이 현관문을 두드리며 "놀이터 가자" 하는 친구 목소리에 쥐고 있던 숙제를 내팽개치며 "엄마, 나 놀다 올게" 하는 어린아이들처럼 우리도 옛날 방식을 선호한다.

영화가 끝나고 극장 안에 불이 켜지자 변영주 감독, 정혜윤 PD(이자 작가)가 들어와 준비된 의자에 앉았다. 영화는 잘 보셨냐는 질문을 시작으로 간략히 서로의 친분을 소개한 둘은 숨 쉴 틈을 주지 않고 대화를 이어 갔다. 주로 영화와 책을 비교하며 감독은 감독다운, 작가는 작가다운 해석과 감상을 내놨다. 둘은 극장이 아닌 카페에서 만난 친구 같았고 덩달아 관객인 우리의 눈과 귀도 바빠졌다. 카페 옆 테이블에서 들려오는 이야기만큼 재미있고 나도 모르게 귀 기울이게 되는 집중도 높은 게 또 있을까. 4시에 시작된 행사는 어느새 저녁 7시가 넘어서야 끝났다. 이제 우리 차례였다. 영화관 근처로 자리를 옮겨 밤늦게까지 맥주 타임을 가졌다.

우리가 안주 삼은 영화 〈안나 카레니나〉는 현재까지 3편이나 영화로 만들어졌을 만큼 유명한 고전으로, 1877년 러시아 작가 레프 톨스토이의 소설이 원작이다. 우아하고 아름다운 귀족 부인 '안나'와 젊은 장교 '브론스키'는 한눈에 서로에게 빠진다. 그러나 안나에겐 고관대작인 남편과 어린 자식이 있어 이혼조차 쉽지 않은 상황. 소설은 폭주하는 기관차처럼 안나와 브론스키, 그리고 소설 속 등장인물들의 내면을 헤집어 놓는다. 작품에 몰입하면 할수록 어느새 우리는 전통적인 연애와 결혼의 입장을 고수하는 사회의 입장이 아닌 누군가를 사랑하고 그로 인해 괴로워하는 한 인간의 편에 서게 된다. 막차 시간까지 이어진 수다 끝에 우리가 내린 결론은 사실상 정혜윤 피디가 내린 다음의 말과 비슷한 것이었다.

"위대한 고전이 위대한 이유는 인간의 마음속에서 일어나는 전쟁을 끄집어내 우리의 생각을 정리할 수 있도록 해주기 때문이에요."

팟캐스트를 시작하기로 한 건 그해 여름에서 2년이 더 지난 2015년 9월 13일이다. 기억을 더듬어 보니 살기 싫었던 하루로 기록된 날이었다. 나는 서서히를 불러 이태원에서 맥주를 마셨고 우리는 취했다. 사람이 살기 싫으면 행복했던 순간의 기억을 끄집어내어서 했던 말을 하고 또 하게 되는 것일까. 잘 모르겠지만 나는 2년 전 북촌 영화관에서 보았던 변영주 감독과 정혜윤 PD의 대화가 부럽고 인상적이었다고 우리도 뭔가를 할 수 있지 않을까, 라는 돌림 노래를 내내 불렀다. 그러고 나서 우리도 한번 해보자고 팟캐스트 진행을 제안했다. 무력했던 사람의 마지막 간절함이 통했던 것일지, 친구도 술에 취했기 때문일지 그 자리에서 팟캐스트 첫 번째 책은 당연히 『안나 카레니나』이며 언제쯤 녹음을 할 것인가 하는 대략적인 일정까지 구두 계약을 마쳤다. 다음 날 술이 깨고 혹시나 하는 마음에 다시 한 번 "하는 거지?" 물었는데 서서히도 "응 언니, 하자"라고 말해 주었다. 『안나 카레니나』는 한국판 총 3권 분량의 장편소설인데 가장 얇다고 할 수 있는 1권이 500쪽이 넘는다. 3권이면 적어도 1,500쪽. 그 정도 분량의 책은 전공 서적으로도 읽어본 적이 없었다. 방송을 녹음하기에 앞서 우리는 한 달이라는 충분한 시간을 주기로 했다. 번역본은 각기 다른 출판사를 선택했다. 서서히는 문학동네에서 번역한 판본, 나는 민음사에서 나온 판본으로. 그렇게 한 달을 안나에게 빠졌다. 러시아 소설답게 등장인물 이름부터 내게 익숙지 않았지만 영화를 먼저 봐서인지 안나와 카레닌, 브론스키가 등장하는 부분에서 배우의 얼굴을 떠올리며 읽으니 술술 읽혔다. 한 달 독서 기간에는 추석이 끼어 있어 긴 연휴 동안 '안나 카레니나' 과목을 공부하는 학생처럼 방송을 준비할 수 있었고 2015년 10월 18일. 망원동의 한 스튜디오에서 첫 삽을 떴다.

개그 코드 아닌 서점 코드

나 어떤 사람이 좋은데?

친구 코드가 맞는 사람?

나 무슨 코드?

친구 개그(웃음) 코드!!

'어떤 사람이 좋은데?' 세상에서 가장 어려운 질문이라는 걸 모르던 시절에는 호기롭게 너랑 너, 하며 작대기를 그어 댔다. 보통 소개팅은 지인의 지인, 적어도 한 다리 건너 사람들끼리 이어줘야 뒤탈이 없다는데… 나는 나의 직감을 과신하며 매번 내 친구와 내 친구를 이었다. 다시 말해 그와 나는 웃음 코드가 맞고 그녀와 나도 웃음 코드가 맞았다. 그러니까 그와 그녀를 이으면 성공확률 100%, 아니 200%일 거야, 라는 얕은 생각으로 말이다. 하지만 소개팅 다음 날 친구에게 연락하면 둘 중 한 명은 이렇게 답했다.

"연락이 안 와…. 나 까였나 봐."

웃음 코드, 당신의 정체는 무엇이길래…. 성공률 제로 퍼센트의 확률로 나는 소개팅 주선해주는 친구 역할을 반납하기로 했다. 그런데 이 책을 만나고 다시 희망이 생겼다. '적어도 서점에서 일하는 사람들의 웃음 코드는 같지 않을까. 그럼 책 좋아하는 둘을 연결해주면 어쩌면 성공할 수 있겠군'과 같은 실낱같은 희망을 품게 되었다.

책의 제목은 『그런 책은 없는데요…』, 저자 역시 서점원이다. 영국 런던의 작은 책방에서 일하는 젠 캠벨은 서점에서 만난 별난 손님들의 이야기를 엮어 책을 펴냈다. 출간 후 서점인들 사이에서는 칭찬 일색일 만큼 선풍적이었다. 아무래도 모두가 서점에서 겪은 일들과 정말 비슷한, 도플갱어 수준의 에피소드 때문일 것이다. 예를 들어 책 제목에 관한 일화가 있다.

손님『1986』있어요?

직원 『1986』요?

손님 네, 조지 오웰이 쓴 책이요.

직원 아, 『1984』말씀하시는 거구나.

손님 아니에요. 『1986』이 확실해요. 내가 태어난 해와 같아
서 정확히 기억하고 있다고요.

직원 ….

– 젠 캠벨 지음, 노지양 옮김, 『그런 책은 없는데요…』, 현암사

책만 다르고 비슷한 에피소드가 나에게도 있었다.

손님 『85년생…』 있나요?

나 『85년생』이요?

손님 네, 『85년생 김지영』이요.

나 아, 지영 씨 나이 더 먹었어요. 82년생이에요, 『82년생
김지영』.

손님 (친구에게 다가가) 야, 85년생 아니고 82년생이래!!

또 다른 예로, 작가와의 불편한 만남에 대한 일화다.

(지역에 사는 작가가 들어오더니, 자기가 쓴 책을 서가에서 빼내
서점 중앙에 있는 테이블에 올려놓는다)

076

한국에서도 독립 출판(혹은 자비 출판)이 늘어나면서 동네
에 있는 소규모 서점을 찾는 작가들이 많아졌다. 20~40대가
대부분이지만 연세가 많으신 분도 있다. 내가 본 최고령 독립
출판 작가님은 예순 넘으신 할아버지다. 해외에서 사업을 하
다가 잘 안 풀려서 모든 걸 접고 돌아와 글을 썼다. 다름 아닌
자신의 10년을 바친 사업 아이템에 관한 이야기였다. 소설이
었다가 에세이였다가 어느 부분에서는 경영서 같았던 그 책.
아무도 출판을 해주지 않아 직접 책을 만들고 이렇게 서점을
돌아다니는 중이라는 말에 나는 열심히 팔아보겠습니다, 하
고는 그 책을 잘 보이는 곳에 꽂아 두었다. 주제가 음식이어
서 음식 관련 서재에 잘 보이는 곳에….

어느 날, 서점에 들르신 할아버지는 다짜고짜 눈앞에 보
이는 직원에게 이렇게 말했다.

할아버지 저기, 나랑 얘기하던 그 여자분 어디 계신가?

직원 아, 지금 그분 안 계시는데요.

077

할아버지 그럼 말 좀 전해줘요. 책을 이렇게 안 보이는 데 꽂아놓으면 가치를 알아볼 수가 없으니까 좀 잘 보이는 데 꽂아달라고.

직원 네네. 말씀 전해드릴게요.

그때 나는 때마침 화장실에 있었다. 나오는 길에 할아버지의 뒷모습을 보았다.

서점이란 것이 애초에 호기심이 만들어 낸 공간이기 때문일까. 서점에 오는 사람들은 색다른 질문을 참 잘한다.

손님 원래 이 가게 자리에 카메라 전문 매장이 있지 않았어요?

직원 맞아요. 하지만 저희가 1년 전에 이 가게를 샀어요.

손님 아, 그러면 지금은….

직원 지금은 서점입니다.

손님 그렇구나. 그러면 카메라는 어디에 보관하세요?

– 젠 캠벨 지음, 노지양 옮김, 『그런 책은 없는데요…』, 현암사

이런 손님이 있을까 싶은데 실제로 이런 손님이 있다.

손님 원래 이 가게 자리에 쌈밥집 있지 않았어요?

나 맞아요. 그 가게 허물고 이 건물 지은 거라고 들었어요.

078

손님 아, 그러면 지금은…

나 지금은 서점이에요.

손님 그렇구나. 그럼 쌈밥집 사장님이 이제 서점 하시는 건가?

캠퍼스 커플이나 사내 연애가 아니라면 좀처럼 애인 만나기 어려운 때다. 배고파서 가는 음식점이나 목말라서 가는 카페가 아니라 정신이나 마음이 허해서 가기도 하는 서점. 책에 파묻힐 것 같은 대형 서점과 다르게 모든 책의 제목을 살펴볼 수 있는 동네 서점이기 때문에 어쩌면 진짜 인연을, 웃음 코드까지 맞는 사람을 만나게 될지도 모른다.

어때요, 서점에 한 번 놀러 오는 건 어떠신가요.

단골손님

헌책방에 발을 들이자마자 만나는 훅 끼치는 종이 냄새처럼 향수를 부르는 단어들이 있다. 그런 날이 오면 과연 이 단어에는 어떤 향이 배어 있을까 생각한다.

'단골'

회사 근처 카페, 집 근처 편의점, 자주 가는 서점. 나에게는 스스로 단골이라 말할 수 있는 몇몇 가게들이 있다. 가게 주인들도 나처럼 생각하는지 모르겠다. 이제는 단골이라고 아는 체 하고 안부를 물으며 지낼 만큼 오래 버티는 가게들도, 그만큼 오래 머무는 손님도 사라져가니까. 암묵적 단골이

라고 하는 편이 더 맞겠다. 자주 오는 걸 알지만 자주 온다고
내색함 없이 같은 공간에 머무는 게 일상이 된 손님을 부르는
말이다.

서점에 오는 사람들에 대해 내가 정한 태도도 비슷했다.
무심하지만 친절하게. 김애란의 단편 「나는 편의점에 간다」
에 나오는 편의점처럼 직원처럼 말이다.

> 나는 휴대폰을 충전하러 큐마트에 갔다. 급속충전의 경
> 우, 배터리가 오래가지 않기 때문이다. 청년은 번번이 비
> 밀번호를 물었고 나는 매번 똑같이 '공칠이사'라고 대답했
> 다. 시골에서 택배를 받아본 이후에도, 사실은 몇 번 더 나
> 는 큐마트에서 충전을 했다. (중략) 큐마트는 나의 가장 오
> 랜 단골이 된 덕에, 청년은 내게 단 한마디의 사적인 대화
> 도 걸지 않고도, 나에 대해 그 어떤 편의점보다 많은 것을
> 알게 되었다. 그는 나도 모르는 나의 습관을 알고 있을지도
> 모른다.
>
> – 김애란 지음, 「나는 편의점에 간다」, 『달려라, 아비』, 창비

만일 내가 처음 방문한 서점이 마음에 들어 다음 날 또 갔
는데 그곳에 있던 직원이 나를 알아보며 "어제도 오셨죠? 오
늘 또 오셨네요? 참, 어제 그 책 다 읽으셨어요? 저도 재미있

게 읽었는데…"

이런 말을 한다면 나는 다시는 그곳에 가지 않을 것이다. 알아봐 주어 고맙지만 부담스럽기 때문이다. 특히 책은 어쩌면 사적인 영역에 속하는 것이기도 하다 보니 함부로 권할 수도, 아는 체를 하기도 민망한 면이 있다. 무엇보다 내가 있는 서점에서는 손님들이 책을 읽고 사고 또 커피도 마시며 오래 머물다 갈 수 있는 곳이기를 바랐기 때문에 더 그랬다. 나는 어느 정도 손님들의 익명 아닌 익명성은 보장하고 싶었다. 실제로 서점에 그런 암묵적 단골들이 많았다. 기척도 없이 들어와 어느 순간 사라지는 미스터리한 걸음들이.

미스터 킴(한국인이지만 편의상 이렇게 부른다), 그는 예외였다. 북 토크를 보러 왔다가 그 후로 일주일에 한두 번씩, 점심 저녁을 가리지 않고 서점에 오는 그는 다른 손님들과 달리 나에게도 자주 말을 걸었다.

"안녕하세요. 책 한 권 추천받을 수 있을까요?"

"그럼요. 최근에 재미있게 읽은 책이 있으세요?"

그렇게 책을 추천하면 그는 하루 이틀 만에 다 읽었다. 처음에는 별다른 일을 안 하시는 분인가 생각했다. 바쁜 직장인이 짬을 내서 책 읽기란 생각보다 어렵다는 것을 알고 있으니까. 그런데 하루는 그가 함께 일하는 직원들과 점심을 먹으러 왔다며 서점의 정원에서 브런치를 먹고 갔다. 매달 열리는 북 토크에도 꼬박 출석했다. 유치원생이었다면 포도알 스티커를 만들어서 볼 때마다 채워주고 싶은 마음이 들었다. 친해져서 오래오래 책 이야기를 하면 좋겠다고 생각했지만 그때까지도 그가 어디서 무슨 일을 하는 사람인지 몰랐고 물어보지도 않았다.

그렇게 6개월 정도 지났을까 어느 날 미스터 킴은 이별의 말을, 나는 새로운 소식을 주고받게 되었다.

"저 이제 여기에 못 와요."

"왜요… 어디 가세요? 저도 조만간 다른 곳으로 옮길 것 같은데(서촌에 서점 2호점이 계획되어 있었다)…."

"어디로요?"

"서촌이요."

"아쉽다. 저 그 근처에서 회사 다니거든요."

"그럼 더 자주 뵐 수 있는 거 아닌가요?"

"발령이 났어요. 3년 정도 미국에 가게 됐거든요…."

"미국으로 발령이라니… 부럽다…. 축하드려요."

그에게 한 번은 포틀랜드에 관한 책을 추천해 준 적이 있었는데 미국에 간다고 하니 그 동네가 생각났다. 여행기는 아니다. 포틀랜드에서 도시 개발을 하는 한 미국계 일본인의 새로운 도시 만들기 프로젝트라고나 할까. 인문 서적에 가까운 그 책을 추천한 건 초반에 등장하는 이 장면이 부러워서였다.

지역 카페 주인이 직접 내린 커피를 즐기며 점심은 팜투테이블(Farm to Table, 생산자-농장에서 소비자-식탁까지)을 표방하는 레스토랑에서 제철 요리를 즐긴다. 저녁 퇴근 길에는 지역 슈퍼에서 신선한 식재료를 사고 근처 바에 들려 지역 맥주를 사서 가족과 저녁 식사를 함께한다. (중략) 입고 신는 것도 되도록 지역의 디자이너나 기업이 만든 것으로 선택한다. (중략) 지역 서점인 파월 북스(Powell's Books)에서 책을 구입한다.

- 야마자키 미츠히로 지음, 이승민 옮김, 『포틀랜드, 내 삶을 바꾸는 도시혁명』, 어젠다

포틀랜드에서는 지역 제품을 20분 권역 내의 거리에서 살 수 있다. 최근에는 실리콘밸리의 비합리적 집값에 부담을 느낀 젊은 창업가들이 이곳으로 이동해 젊은이를 중심으로 새로운 생태계가 만들어지고 있는 포틀랜드. 그가 가게 될 뉴욕에서 무려 6시간이나 비행기를 타고 가야겠지만 "저 대신 좀 가주세요…" 같은 말을 할 수 있는 성격이 못 되어서 대신 미국 작가가 쓴 소설 책 한 권을 선물하며 우리는 헤어졌다.

'언젠가 인연이라면 다시 만나겠지…'라는 생각을 하기도 전에, 작년 크리스마스에 그에게서 소포가 날아왔다. 서점 주소로 보낸 것이었다. 뉴욕의 오래된 서점 스트랜드(STRAND)

의 에코 백과 책갈피 그리고 초콜릿이 담겨 있었다. 그리고 서점 건물을 스케치한 엽서 뒷면에는 이렇게 쓰여 있었다.

'안녕하세요. 뉴욕으로 떠난 단골 미스터 킴(물론 이 자리에는 본명이 쓰여 있었다)입니다. 떠나올 때 선물해주신 책 재미있게 잘 봤어요. 일부러 뉴욕 맨해튼 한복판 카페에 가서 첫 장을 펼쳤습니다.'

엽서 가까이에 코를 가져가 대 보았다. 서점에서 비행기 타고 다시 서점에 온 엽서, 달라도 뭔가 달랐다. 공항 수하물 찾는 곳에서 이제 막 나온 캐리어의 신선하고 차가운 냉기 같은 게 느껴지는 듯했다. 분명 나는 맡았다. 공항에 갈 적마다 맡았던 그 냄새, 공항 특유의 향을. 그리고 생각했다. 단골, 이 단어에 내가 맡은 그 공항 냄새가 배면 참 좋겠다고. 추억하기에 공항만큼 설레는 장소는 흔치 않을 테니까.

15년 만에 북 클럽

"15년 전에도 북 클럽, 북 카페가 유행이었어요. 다만 지금처럼 세련된 공간은 아니었고 요즘 세대의 것보다는 진지한 분위기였죠. 그래서 오늘이 저에겐 정말 오랜만에 북 클럽인 셈이에요. 한번 경험해보고 싶었어요. 이 책이라서 그렇기도 하고요. 『사진에 관하여』가 첫 책이 아니었다면 아마 아이디를 만들면서까지 신청하지 않았을 거예요. 수전 손택의 책은 거의 다 읽었는데 이 책이 가장 좋았거든요. 그래서 이 책을 읽은 다른 사람의 관점이 궁금했어요."

15년 전에 대학생이었을 그 회원의 인사말에 나는 북 클럽의 첫 책을 고심하던 며칠 밤을 보상받은 기분이 들었다. 게다가 '없던 아이디까지 만들어서 신청'하셨다니. 이 정도면 북 클럽을 준비한 사람에게는 극찬 아닌가 싶다. 일을 벌이고 꾸미는 사람들은 이런 순간에 짜릿함을 느낀다. 겉으로 보기엔 당연하게 여겨지는 지점을 알아봐 주는 사람과 함께 일할 때, 그 사람이 적확하게 표현해 주었을 때다.

어떤 일이든 '처음'은 둘째, 셋째보다 고심을 필요로 한다. 서점에 처음 들어오는 손님이 첫 번째로 마주치는 매대엔 어떤 책을 놓을지, 커피를 주문할 때 어떤 말을 건넬지, 책을 결제했을 때 포장을 어떻게 해줄지 같은 것들 모두 서점원이 고심하는 영역에 속한다. 서비스도 맛도 일관성을 유지해야 하는 이유 역시 그 맛과 서비스가 누군가에게는 이 공간에 대한 '첫인상'이거니와 그 처음이 어떠냐에 따라 두 번째, 세 번째가 달려 있기 때문이다. '처음이 안 좋더라도 다음에 만회할 기회가 있잖아'라는 말은 이 서점에 어울리지 않는다. 그러기에는 장소가 너무 외딴곳에 있다.

북 클럽의 첫 책을 고심한 것도 그런 연유에서였다. 요즘 동네 서점, 독립 서점에서 북 토크와 북 클럽(독서 모임)은 신간을 소개하는 것만큼이나 자연스러운 활동이다. 안 하는 곳이 없다는 점에서 더는 그 서점만의 특색이 되기 어려울 수도 있지만 모두가 하는 행사이기 때문에 어떤 책을 정하는지, 어떤 작가를 섭외하는지에 따라 서점의 이미지가 결정되기도 한다. 책을 고르는 데 있어 먼저 두 가지 질문을 만들어 나에게 물었다. 첫째는 나에게 흥을 불어넣는 책인가, 둘째는 어떤 관심 분야를 가진 사람을 초대하고 싶은가. '서점'이라는 명사는 종이 냄새만으로도 충분히 우리 인식의 한 부분을 차지하고 있지만 '○○ 서점'은 종이 냄새만으로 부족했다. 한두 번의 유명세로 서점의 이미지가 그려질 리 없다. 이미지라는 것은 오랜 시간 서점과 손님들 간에 교집합들이 쌓여야 한다. 그래야 누가 보아도 고개를 끄덕이게 되는 서점만의 이미지가 생긴다. 나에게는 그런 작은 확신이 있었고, 미국에서 태어난 다재다능 작가 수전 손택의 『사진에 관하여』는 두 가지 물음에 대한 교집합에 해당하는 첫 책이었다.

제목만 보면 사진 잘 찍는 방법을 알려줄 것 같은 이 책은 찍고 난 후, 찍힌 것들에 숨은 비밀을 하나씩 벗겨내는 데에 공을 들인 작품이다. 사진이 등장하고 사진에 의해 우리의 의식 흐름이 얼마나 달라졌는지 대중적인 시각에서 파고든다. 유튜브 시청이 일상이 된 지금, 저자가 살아 있었다면 우리 의식 흐름이 그 전과 비교해 어떻게 달라졌는지 깊은 사유와 함께 조목조목 영상으로 밝혀주었을 것 같다. 자신의 병적 고통 중에도 타인의 고통에 관한 사유를 멈추지 않았던 사람이라는 점에서 말이다.

북 클럽에서는 저자가 알려주는 비밀 중 모두가 흥미로워할 수 있는 이야기를 먼저 꺼냈다. 선거 포스터의 비밀이다. 한국의 지난 대선에서 한 후보자가 얼굴은 정면을, 시선은 위를 향한 채 양손을 머리 위로 번쩍 올려 찍은 사진이 화제가 되었다. 그전까지 선거 포스터에 큰 의심이 없던 사람들은 그제야 정통적인 포스터 이미지에 의문을 품기 시작한다. '이렇게 찍을 수도 있구나', '그런데 왜 전에는 전부 앉아서 비스듬한 각도로 찍었을까'와 같은 궁금증이다. 일이 벌어져야만 그전의 행태에 관심을 두는 우리와 달리 수전 손택은 40년 전에 이미 의문을 가졌던 것 같다.

> 흔히 인물 사진에서는 카메라 정면을 바라보는 자세가 진지함, 솔직함, 그리고 피사체의 본질을 보여준다고 간주된다. 정면 사진이(결혼·졸업 등의) 기념사진으로는 좋지만, 선거 전단지에 들어갈 입후보 정치인의 사진으로는 그리 적합하지 않은 것도 이 때문이다(대개 정치인은 시선을 75도가량 든 채 사진을 찍는다). 자신이 유권자나 현재가 아니라 뭔가 심오하고 고귀한 미래와 관련 있다는 점을 넌지시 알리려고, 정면이 아니라 비스듬히 위를 쳐다보는 것이다.
>
> - 수전 손택 지음, 이재원 옮김, 『사진에 관하여』, 이후

증명사진이나 여권 사진을 찍을 때 정면을 바라보는 점에 있어 대개는 '얼굴이 잘 보여야 신원을 확인할 수 있으니까'라는 생각을 하던 사람들에게 이 문장은 사진을 바라보는 새로운 관점을 제시한다. '카메라 정면을 바라보는 자세가 진지함, 솔직함'과 관련된다는 문장. 우리의 삶 대부분이 어떤 문장의 이전과 이후로 나뉜다고 믿는 사람이라면 이 문장 이후로 정면 사진을 볼 때 그 사람의 생김새뿐 아니라 솔직함까지도 볼 수 있으리라는 기대를 하게 될 것이다. 반면 포스터를 통해 생기는 형체 없는 신뢰에 대해서는 스스로 경계의 날을 세우게 될 테다.

또한 저자는 사진을 찍는 사람들, 그들이 찍은 사진이 왜 예술 작품으로 불리는지에 있어서도 논리를 대동한다. 예술에 무슨 논리인가, 자의적 해석이지 싶겠지만 그런데도 설득력이 있다.

> 정면을 찍은 아버스의 사진이 그토록 사람들의 시선을 끄는 것은 그녀의 피사체가 그토록 상냥하고 솔직하게 카메라 쪽으로 자세를 취해 주리라고는 전혀 예상하지 못했던 사람들이기 때문이다.
>
> - 수전 손택 지음, 이재원 옮김, 『사진에 관하여』, 이후

다이앤 아버스가 어떤 사람들을 찍었는지는 저자가 그의 회고전을 다녀와 묘사한 부분 '아버스의 전시회는 기분 좋게 만들어 주는 외모의 사람들이나 뭔가 인간다운 일을 하는 사람들을 보여주기는커녕, 갖가지 기괴한 사람들과 아슬아슬해 보이는 괴짜들을 선보였다(대개 음침하거나 황량한 배경을 뒤로 한 채, 괴상하거나 제멋대로 옷을 차려입은 추한 사람들이었다)'에서 명확히 드러난다. 그는 '이상해 보이는' 사람들을 찍는 데 혈안이 되어 있었다. 그가 찍은 피사체 중에는 '온몸에 바늘을 꽂는 사람, 개를 끌고 다니는 양성 인간, 문신을 새긴 남자, 칼을 삼키는 색소결핍증 환자'도 있었고 이 외에 누가 봐도 평범해 보이지 않는 사람들이 자주 등장했다. 무엇보다 그와 그의 사진이 주목받은 건 이상해 보이는 사람들을 찍었다는 사실이 아닌 그들이 카메라를 향해 더없는 상냥함과 솔직함을 내보였다는 점이다.

저자가 사진에 관한 에세이를 써야겠다고 마음먹은 것도 바로 그 지점이다. 1972년 뉴욕 현대미술관에서 열린 다이앤 아버스의 회고전에 간 수전 손택은 괴상하고 불편한 사진을 보면서 알 수 없는 기분을 느꼈고 이후에도 다시 미술관에 들러 사진을 보게 된다. 그리고 이후에 대부분의 관람객도 자신처럼 여러 번 찾아왔다는 사실을 알게 된다. 그때 자신의 성찰을 쓴 여섯 편의 에세이를 『뉴욕타임스』에 연재하게 되고 그 성찰은 무려 4년간 에세이로 이어지게 된다.

> 아버스의 작품에서 가장 인상적인 점은 예술 사진이 가장
> 열렬히 추구해 왔던 계획 중의 하나(예컨대, 희생당한 자나
> 불행한 자를 향한 관심의 촉구)를 실행에 옮기면서도, 관람객
> 들의 연민을 자아내지 않았다는 점이다(이런 계획은 으레 관
> 람객들의 연민에 호소하려 들기 마련인데도 말이다). 그녀의 작
> 품은 혐오스럽고 측은하며 비루한 사람들을 보여주는데도
> 전혀 연민을 유발하지 않는다.
>
> – 수전 손택 지음, 이재원 옮김, 『사진에 관하여』, 이후

나 역시 라이프 사진전으로 다이앤 아버스의 사진을 접했
다. 수백 장의 사진 가운데 고작 몇 장이었기에 당시 사진작
가의 이름까지는 기억을 못 했지만 음산한 분위기를 풍기는
어린 쌍둥이 자매가 카메라를 향해 지어 보인 알 수 없는 표
정, 장애가 있어 보이는 나이 든 여자 둘이 팔짱을 끼고 함박
웃음을 짓는 사진, 〈장난감 수류탄을 손에 쥐고 있는 아이〉라
는 제목의 아이 사진은 돌아오는 기차에서 다시 생각이 날 만
큼 깊은 잔상으로 남아 있었다. 수전 손택을 알게 되고 다른
책이 아닌 이 책을 가장 먼저 읽게 된 것도 초반에 나오는 다
이앤 아버스의 회고전 에피소드 덕분이었다.

수전 손택. 소설가, 비평가, 매체 가릴 것 없이 사람들이 입 모아 극찬하는 작가라는 점을 제외하고, 내가 느낀 괴상한 감정을 책 한 권 분량으로 방대하게 풀어 해쳐낸 작가라는 점에서, 그 한 권 속에서 만난 수백 개의 문장이 내 삶의 많은 이후를 만들어 냈다는 점에서 누구보다 닮고 싶은 작가이자 아껴 읽고 싶은 작가다.

15년 후 미래의 북 클럽을 상상해본다. 나도 15년 전에 이런 일이 있었다며 이 책을 이야기하는 상상을. 시간이 지나도 사라지지 않은 것들만이 할 수 있는 최대치의 상상을.

겨울 서점이 주는 선물

12월 8일. 점박이 무늬 코트에 노란 긴 생머리를 한 학생부터 롱 패딩에 핫팬츠를 입은 짧은 머리 학생까지 서점에는 대학생으로 추정되는 손님들이 많이 다녀갔다. 아무리 서점 건물(성곽처럼 나 있는 길)이 따라 걷기 좋은 위치에 있다고는 하지만 영하를 웃도는 한겨울에 칼바람을 맞으며 오기에는 큰 용기와 시간이 필요한 이곳에 버스 타고 삼삼오오 모여든 분들을 보니 묘했다. 특히 전날에 눈이 많이 내려서 동네 전체가 미끄러웠는데 오다 넘어지지는 않았는지 잠시지만 등굣길을 걱정하는 엄마의 마음이 되어 보기도 했다.

서점을 보고 어떤 표정을 지을까, 처음으로 내뱉는 말은 뭘까, 서가에 꽂힌 책을 꺼내 볼까, 커피만 마시고 가려나, 노트북이나 휴대폰 충전 케이블을 꽂을 콘센트 하나 없는 이곳에서 과연, 몇 시간이나 있다 가려나. 호기심을 끌어안은 채 서점에 온 학생 손님들을 관찰했다.

마감하고 집에 가는 버스 안. 출발 대기 중인 버스에 가만 앉아 있으니 낮에 이 버스를 타고 왔다 갔을 학생 손님들이, 그들이 남기고 간 장면들이 떠올랐다. 휴대폰 메모 앱을 켜서 곧바로 옮겨 적었다.

장면 하나. 전날 전화로 슈톨렌을 주문한 손님이 있었다. 동네 주민이겠지 했는데 처음 본 남학생이었다. 일행과 함께 음료를 주문하고 잠시 후에 혼자 조용히 와서는 "예약한 슈톨렌도 같이 주세요" 한다. 진동벨이 울리고 남학생이 음료와 슈톨렌을 가져가자 함께 온 여학생은 전혀 예상 못 했다는 듯이 놀란다. 깜짝 선물로 준비한 것 같았다. 얼마 전부터 다시 읽고 있는 소설 『죽은 왕녀를 위한 파반느』의 한 장면을 눈앞에서 목격한 기분이 들었다.

소설 속 주인공 '나'는 작곡가 모리스 라벨의 피아노곡 〈죽은 왕녀를 위한 파반느〉를 들으며 자신에게 그 레코드를 선물한 사람, 그녀를 떠올린다. 그녀 옆에는 수줍은 남자 '나'가 있다. 스무 살의 그는 스무 살 그녀에게 '고마웠어요'라는 한마디를 듣고 '단지 바람이 멎었을 뿐인데도, 지구가 정지한 느낌'을 받는다. 20대 초반, 더욱이 첫사랑이라고 하면 너나 할 것 없이 수긍할 만한 감정이 담긴 장면이라고 생각했기에 처음 읽자마자 밑줄을 긋고 포스트잇을 붙이며 오래 기억해야겠다고 생각했다. 바로 그 장면을 현실에서 목격하다니. 하필이면 소설의 배경도 춥고 고요한 겨울이기 때문일까, 서점에 머문 스물 언저리의 남녀 사이에 보이지 않는 기류가 나에게까지 전해지는 것 같았다.

장면 둘. 긴 머리를 노랗게 물들인 손님이 혼자 들어오더니 커피 한 잔을 시켜 놓고 독서 테이블에 자리를 잡는다. 그리고 책을 읽기 시작한다. 옆에서 다른 손님 두 명이 흘리는 치명적인 수다에도 아랑곳없이 정자세로 책을 읽는다. 두 시간 정도 흘렀을까. 주섬주섬 자리를 정리하는 듯하더니 어느 틈에 사라졌다. 무슨 책이길래 저렇게 집중해서 읽을 수 있는지 궁금했는데…. 표지 색이라도 보면 무슨 책인지 알 수 있었을 텐데… 아쉽게 놓쳤다. 다음에 또 올까. 오면 알아볼 수 있을까. 여기까지 와서 두 시간 동안 혼자 책만 읽다가 가는 단골이 생길 수도 있겠다는 희망을 발견한 기분이 들었다. 그나저나 서점 마감 시간을 어떻게 알고 딱 맞춰서 나간 걸까.

장면 셋. 책 읽는 학생 손님 옆에서 대화를 나누던 여학생 둘이다. 테이블에 책을 가져다 놓긴 했지만 보는 둥 마는 둥,

이야기에 더 열심이다. 집에 갈 시간이 되었는지 한 명이 일어나서 화장실에 간다. 그때, 다른 한 친구가 서둘러 테이블에 있던 책 한 권을 집어 들고 계산대로 다가왔다.

"저기요….."

"네."

"이거 포장된 건 없나요? 선물할 건데….."

"포장해 놓은 책이 전부 팔렸나 봐요. 주시면 바로 해드릴게요."

계산하고 뒤돌아서 책을 포장하는데 입이 자꾸만 실룩거렸다. 다음에 일어날 일이 무엇인지 알고 있다는 듯이. 잠시 후, 화장실 갔던 친구가 계산대로 다가오더니 방금 계산된 책과 같은 책을 들고 와 말한다.

"이거 계산해 주세요."

옆에 있던 친구가 말한다.

"내가 샀어. 선물이야, 크리스마스 선물."

"야아-(탄성)."

둘은 나를 앞에 두고 서로를 바라보며 웃었다. 서점 문을 연 지 한 달 만에 멀고 춥고 조용한 서점에 나타난 두 명의 손님. 자주 찾아와 준다면 나도 서점도 어쩌면 동네 풍경까지도 달라지지 않을까 생각했다. 어떤 모습이 되었든 서점이 불러오는 활기가 생기지 않을까. 변화란 그렇게 누군가의 방문으로, 반복이 만들어 내는 것일 테니까. 그렇다면 내가 원하는 변화를 이루기 위해, 작지만 큰 차이를 만들어 내기 위해 앞으로 어떤 이들을 불러 모아야 할까. 내일은 또 어떤 친구들이 와 줄까. 겨울 서점을 온기로 채우는 이런 기다림이라면 얼마든 기다릴 수 있을 것 같다.

2장

마음에
문장이 필요한 날

작가의 작가가 궁금할 때

이름만 들어도 반가운 사람, 그의 이름을 보는 것만으로 반가운 작가가 있다. 그 작가의 이름을 다른 작가의 책에서 보았을 때는 특히 더.

서점에서 일하면 사람들이 무슨 책을 사는지 제일 궁금하다. 편의점도, 마트도 아닌 서점에 발을 들인 이상 어찌 되었든 책을 사려고 왔을 텐데 수많은 책 중 과연 이 손님은 어떤 책을 살지 그게 그렇게 궁금하다. 옷 가게, 도넛 가게, 대형 마트 등 각종 아르바이트를 해봤지만 그때는 사람들이 어떤 옷, 도넛, 물건을 사는지 전혀 궁금하지 않았다. 하나에 천 원대인 도넛도 여러 개 사면 비싸구나, 사람들이 과자를 매일 이렇게 많이 사다니, 정도였다. 그런데 서점 계산대 앞에만 서면 손님이 쥐고 있는 책 제목을 얼른 보고 싶어 안달이다. 이런 걸 두고 '적성을 찾았다'고 하는 게 아닐까. 하루는 주황색 표지에 웬만한 책 두께의 두 배쯤 되는 에세이를 들고 온 손님의 책을 계산했다. 들고 올 때부터 이미 무슨 책인지 알고 있었다. 영화 〈버닝〉의 개봉으로 원작 『반딧불이』를 비롯해 무라카미 하루키의 소설과 에세이가 주목받던 시기여서 그 작가의 책은 표지 색깔만 봐도 알아볼 수 있었다. 손님이 고른 책은 『무라카미 하루키 잡문집』이었다.

와, 에세이가 저렇게 두껍다니. 두께라는 장벽에 나는 그 책을 펼쳐보지 않았다. 예전에 출간된 도서들은 대부분 판형과 두께가 비슷했다. 최근 몇 년 사이, 독자 사이에선 읽는 것뿐만 아니라 보고 만지는 등 종이책의 물성을 향유하는 즐거움이 커지면서 덕분에 표지나 책의 판형, 두께를 고려하는 경우도 늘었다. 그런 시각으로 봤을 때 이 책은 펼쳐 보고 싶은 생각이 들지 않은 책이었다. 한순간에 마음을 바꾸게 된 이유는 '남이 산 책', '손님이 사간 책'이기 때문이었다. 손님이 결제했다는 사실이 내게 강력한 영향을 미쳐 나도 바로 그 책을 펼쳤다.

그렇게 그 책에서 반가운 이름을 발견했다. 레이먼드 카버다. 소설가이자 번역가이기도 한 하루키는 미국 작가인 레이먼드 카버의 소설을 처음 일본에 소개한 것은 물론 그가 남긴 책을 모두 번역했을 만큼 그의 소설을 좋아하는 것으로 알려져 있다. 레이먼드 카버 생전에 둘이 만난 적도 있는데 하루키는 그때를 회상하며 이렇게 썼다.

> 레이먼드 카버는 나보다 열 살 연상이어서 실제로 얼굴을 맞대고 이야기를 나누고 친교를 맺을 수 있었다. 잡지에 발표되자마자(과장된 표현을 허락하신다면, 잉크도 채 마르기 전에) 그 작품을 읽고 또 내 손으로 일본어로 번역할 수도 있었다. 그것은 내게 매우 귀중한 체험이었다. 아무래도 '스승'이나 '동료'라는 표현과는 느낌이 좀 다르지만, 나에게 카버는 이를테면 '시대를 동행하는 사람'이었다.
>
> – 무라카미 하루키 지음, 이영미 옮김, 『레이먼드 카버의 세계』, 『무라카미 하루키 잡문집』, 비채

하루키는 소설을 원서로 읽고 싶다는 목적 하나로 영어 공부를 시작했다고 한다. 그런 사람이 잉크가 채 마르기도 전에 카버의 작품을 읽고 나중에는 번역까지 했으니, 이 글을 읽는 하루키스트(무라카미 하루키의 열성 팬)이라면 적어도 한 권쯤은 카버의 소설도 소장하고 있지 않을까 싶다. 내 방 책

장이 아니더라도 인터넷 서점 장바구니에라도 담아 두었을 것이다. 그리고 하루키도 그렇게 되리라는 걸 짐작했을 것이다. 곧이어 자신의 소설과 카버의 소설의 차이를 설명해 주는 걸 보면.

> 나와 카버는 작품도 다르고 문장 스타일도 다르다. 내가 장편소설을 중심으로 활동하는 데 비해 카버는 단편소설과 시를 전문으로 한다. 작가로는 공통점보다 차이점이 더 많을지도 모른다. 하지만 그럼에도 나는 카버라는 '동행하는' 작가를 얻어 큰 격려를 받았고 개인적인 온기도 느낄 수 있었다. 그것은 매우 귀중한 경험이라고 생각한다.
>
> – 무라카미 하루키 지음, 이영미 옮김, 「레이먼드 카버의 세계」, 『무라카미 하루키 잡문집』, 비채

레이먼드 카버는 단편소설 전문가다. 그는 장편소설을 발표한 적이 없다. 하지만 그보다 내가 그를 단편소설 전문가라고 생각하는 건 '단편소설의 맛'을 단번에 알려주는 사람이기 때문이다. 그 점에 있어 카버가 전문가처럼 느껴진다. 처음 그의 소설을 읽을 때를 떠올려 본다. 그 전까지 나에게 장편소설은 길이가 긴 한 권, 혹은 두세 권 분량의 이야기이고 단편소설은 길이가 다섯에서 스무 장 정도 되는 짧은 이야기였

다. 말 그대로 길이 외에는 큰 차이가 없다고 여겼다.

카버의 소설에는 사건이라고 할 만한 심각한 갈등이 없다. 단편 「별것 아닌 것 같지만, 도움이 되는」의 경우에는 오히려 사건이 이미 발생하고 이야기가 시작된다. 토요일 오후, 앤은 쇼핑센터에 있는 제과점에서 다음 주 월요일에 있을 그녀의 아이 스코티의 생일 케이크를 주문한다. 그리고 월요일 아침, 생일을 맞은 아이 스코티는 등굣길에 발을 헛디뎌 교통사고를 당한다. 앤과 남편 하워드는 그 소식을 듣고 바로 병원으로 달려간다. 다행히 스코티는 충격에 의한 가벼운 뇌진탕과 통증을 진단받는다. 앤은 병원에 있기로 하고, 남편 하워드는 잠깐 집에 다녀오기로 한다. 그리고 하워드는 집에서 한 통의 전화를 받게 된다.

'여기 가져가지 않은 케이크 하나가 있'다며 주문해 놓은 케이크를 찾아가라는 제과점 주인의 전화였다. 이 소설에서 갈등이 시작되는 부분이다. 이후에도 제과점 주인은 전화를 걸어 케이크를 찾아가라고 독촉한다. 아이가 사고를 당해 슬퍼하고 있는 앤과 하워드 부부에 비하면 그의 화는 아무것도 아닌 것처럼 느껴진다. 소설은 끝까지 제과점 주인과 부부의 별것 아닌 갈등을 그린다. 상황을 관전하고 있던 나 역시 별것 아닌 만큼의 관심으로 소설을 읽는다. 그러다가 끝나기 두세 페이지 전에 반전 아닌 반전이 일어난다. 스릴러 장르가 아니라는 점에서 제과점 주인과 부부가 싸워 누구 한 명이 죽거나 하는 내용은 아니다. 반전이라고 하기에도 뭐한 시시한 반전. 소설은 이렇다 할 해결 없이 끝난다. 그런데 그 반전으로 내 마음에는 금이 갔다. 단편은 흔히 마음의 균열을 남기고 거기에서 끝이 난다고 하는데, 그걸 레이먼드 카버 소설을 통해 처음 맛보게 된 것이다.

> 카버의 작품에서 가장 훌륭하다고 여겨지는 점은 소설의 시점이 절대 '땅바닥' 높이를 벗어나지 않는다는 것이다. 위에서 내려다보는 시선이 없다. 무엇을 보든 무엇을 생각하든 일단은 맨 밑바닥까지 가서 지면의 확고함을 두 손으로 직접 확인하고, 그로부터 조금씩 시선을 위로 올린다. 무슨 일이 있어도 절대 '잘난 척하는 소설'을 쓰지 않았다.
>
> – 무라카미 하루키 지음, 이영미 옮김, 「레이먼드 카버의 세계」, 『무라카미 하루키 잡문집』, 비채

'땅바닥 높이를 벗어나지 않는다', '내려다보는 시선이 없다', '잘난 척하지 않는다'. 하루키가 꼽은 카버 소설의 장점을 머리로 이해하는 건 어려웠다. 하지만 다행이다. 만일 저 글을 문장과 대조할 수 있을 정도로 이해했다면 괜히 평론가에 도전해보겠다고 나섰다가 나 자신에게 실망감을 안겨줄 수

있기 때문에. 그런데도 나는 하루키가 말한 이유로 카버의 작품이 훌륭하다고 생각한다. 이해하진 못해도 느끼고 경험할 수는 있으니까.

앞서 짧게 소개한 「별것 아닌 것 같지만, 도움이 되는」 (『대성당』)은 내가 처음으로 접한 카버의 소설이다. 이 책을 눈으로 읽기 전에 귀로 먼저 들었다. 5년 전 4월의 어느 날, 말도 안 되는 큰 사건이 벌어졌다. 나와 직접 관련 있지 않았는데 내 개인의 일이 아닌 사건으로 그리 무력해진 건 처음이었다. 이유 없이 눈물이 나고 잠을 설치는 때도 있었다. 그날도 잠을 못 자고 있던 참이었다. 침대에 누워 있다가 영화 평론가 이동진의 팟캐스트를 재생했다. 보통 한 권의 책을 주제로 대화를 나누는 방송인데 그날은 그 큰 사건 때문에 정규 방송 대신 특별 방송으로 책 한 권을 읽겠다고 말했다.

"레이먼드 카버의 짧은 단편 소설 「별것 아닌 것 같지만, 도움이 되는」이라는 소설을 처음부터 끝까지 읽어드리려고 하는데요, 무척이나 감동적이면서도 현재 상황에서 적절한 위로를 주는 좋은 소설이 아닌가 싶어서 선택했습니다"라는 소개와 함께 덤덤히 이야기를 읽기 시작했다.

'토요일 오후, 그녀는 쇼핑센터에 있는 제과점까지 차를 몰고 갔다. 갈피마다 케이크 사진들을 테이프로 붙여놓은 바인더를 훑어본 뒤, 그녀는 아이가 가장 좋아하는 초콜릿 케이크를 주문했다.' 첫 문장을 시작으로 그는 한 시간 넘게 책을 읽어주었다. 봄의 밤이었음에도 이불을 머리 위까지 덮고서 숨죽이며 그의 목소리를 들었다. 깜빡 잠이 들 만도 한데, 화장실 가는 일 한번 없이 끝까지 들었다. 새우처럼 웅크린 채 귀 기울이던 내 모습, 고요하고 묵직했던 그 밤의 기묘한 기운은 지금 떠올려도 생생하다. 단편 하나를 모두 듣고 잠이 든 다음 날 나는 그 어느 때보다 편안하게 눈을 뜰 수 있었다. 이야기가 준 마법이었다. 제목처럼 별것 아닌 것 같은 이야기의 도움을 받았다. 지금도 나는 마법이 필요할 땐 이 소설을 읽는다. 이 훌륭한 작품을.

NARAN'S PICK
레이먼드 카버 지음, 김연수 옮김, 『대성당』, 문학동네
무라카미 하루키 지음, 이영미 옮김, 『무라카미 하루키 잡문집』, 비채

초심으로 돌아가고 싶다면

좋아하는 사람의 이름은 아무리 작은 글씨, 지나는 길에 힐끗 보아도 눈이 알아챈다. 안개비 같은 희미함 속에서도 또렷하게 들린다. 그러한 연유로 나는 이 사람을 좋아한다고 고백해본다. 시인으로 등단해 수많은 소설을 써냈고 매일 달리기를 하며 가끔은 번역도 하는 작가 김연수를. 도수 없는 안경을 낄 만큼 시력이 좋은 나지만 대형서점의 책 무덤에 세로로 진열된 수많은 외국 에세이(국내 에세이 아닌 외국 에세이!) 중에 그의 이름만 알아봤다면, 『달리기와 존재하기』라는 제목만으로 동명의 역자가 아닌 김연수라는 사실을 직감했다면 그건 사랑의 영역에 도달한 것이라고 포장할 만하지 않을까. 문학을 알면 알수록 나는 사랑만 너무 하게 된다.

그가 레이먼드 카버의 『대성당』 이전에 역자로서 번역한 『달리기와 존재하기』는 지금은 세상을 떠난 한 의사의 달리기 찬양론이다. 심장병 지식에 있어 전문 자격증을 취득한 사람이 달리기를, 그냥 달리기가 아닌 마라톤을 마흔다섯에 시작해 60여 회 넘게 완주하며(예순한 살에는 심지어 3시간 1분이라는 개인 신기록을 달성했다) 자신의 몸과 정신, 영혼에 일어난 일을 거침없이 적었다. 모르는 사람의 서투름이나 치기 어린 문장이 아닌 학자의 단호함과 동시에 어린아이 같은 순수함, 러너의 열정이 그대로 전해진다. 그야말로 옮긴 이가 달리기에 관해 저자와 언어적 교감을 제대로 하고 펴낸 결과물이 아닐 수 없다. 가령 '진정한 러너란?'이라는 물음에 저자는 이렇게 말한다.

> 러너들이 세속과 어울리지 않고, 그들의 본성과 존재의 방법이 평범한 일상인과 다르다는 사실은 러너 자신을 포함해 모든 사람들이 이해하기 곤란한 점이다. 하지만 일단 이해하면 러너는 자신의 본성과 법칙에 따른다. 그리고 청교도적인 의미에서 '자유인'이 된다. 이는 곧 선한 것만을 추구하는 인간이 된다는 뜻이다.

이렇게 받아들이면 러너는 자신의 몸을 부정할 수 없다. 러너는 몸을 받아들인다. 몸을 억누르지도, 마음에 종속시키지도, 억제하지도 않는다. 러너는 완벽한 몸을 만든다. 몸의 능력을 키운다. 러너는 자신의 본능을 억누르지 않는다. 본능에 늘 주의를 기울인다. 그리하여 자기 안의 이런 동물적 상태를 넘어, 철학자 오르테가가 '진상'이라고 부른 자신만의 진실을 향해 나아간다.

- 조지 쉬언 지음, 김연수 옮김, 『달리기와 존재하기』, 한문화

물론 달리기를 하는 과정에서 일어날 수 있는 부상이나 예방법(발과 다리와 무릎을 너무 많이 사용해서 생기는 근육 이상이나 요통 등에 대처하기 위해 고안된 '매직식스 운동법')도 설명하지만 대체로 그가 달리기에 임하는 마음은 사상가와 철학자의 사유, 때로는 시인의 얇은 피부를 닮았다. 무엇보다 이 책은 이제 막 달리기를 시작하는 사람에게 두 발로 하는 달리기가 아니더라도, 각자 인생의 마라톤을 시작하는 사람들에게 꼭 필요한 이야기만 콕콕 짚어주는 과외 선생님 같기도 하다. 초심자의 몸가짐을 말하는 부분에서 그는 다음과 같이 말한다.

몸, 그러니까 초심자의 몸에서 시작할 때, 나는 깨어있을 수 있다. 매일 나는 호흡하는 법을 새롭게 발견한다. 공기

111

를 맛본다. 내 폐를 드나드는 공기를 느낀다. 동물처럼 들
판과 숲속 사이로 나만의 길을 뚫고 가면서 나는 완전히
숨을 내쉬고 끙끙대는 법을 배운다.

- 조지 쉬언 지음, 김연수 옮김, 『달리기와 존재하기』, 한문화

오래달리기를 처음 할 때 호흡하는 법을 몰랐던 나는
1,000미터의 반도 아닌 오분의 일, 200미터를 뛰고는 숨을
헐떡이며 선생님에게 호소의 눈길을 보낸 적이 있다. 도저히
못 뛰겠다는 내 눈빛에 선생님은 코로 숨을 들이마시며 입으
로 후후후 하고 3번 내뱉는 시늉을 하며 나에게 호흡법을 알
려줬다. 그전까지 들숨과 날숨 모두 코로 쉬던 나는 그때부터
선생님을 따라 코로 숨을 마시고 입으로 끝까지 내뱉었다. 시
간이 좀 지나자 호흡이 돌아왔다. 호흡이 안정되자 그때부터
는 눈과 코, 귀도 제 역할을 하기 시작했다. 가장 먼저 운동장
모래에 스민 흙냄새가 났고, 내 앞에서 토끼처럼 뛰고 있는
친구들, 못 뛰겠다며 운동장 바닥에 널브러진 친구들이 보였
고 일정한 박자로 내쉬는 내 숨소리가 귀에 들리며 몸이 가벼
웠다. 선생님은 러너스 하이(Runners high, 30분 이상 달리면 머
리가 맑아지고 몸이 가벼워지는 상태)가 지나면 그렇게 된다고 말
씀해 주셨다. 그 체력장을 계기로 나는 단거리는 몰라도 장거
리 달리기에는 자신감이 생겼다. 완주할 수 있다는 자신감!

요가를 5년 넘게 하고 있지만 매번 어느 부위에 힘을 주고 호흡해야 하는지 고심한다. 엎드려서 두 팔로 내 상체를 받치는 자세에서는 절대 손목이 아닌 손바닥, 바닥에 쫙 붙인 열 손가락과 손바닥에 힘을 주어야 한다. 요가는 아무리 단순한 동작이더라도 엄한 곳에 힘을 주면 다칠 수 있는 어려운 운동이다. 게다가 자세는 선생님이 보고 교정해 줄 수 있지만 손목에 힘을 주고 있는지 손바닥에 힘을 주고 있는지와 같은 차이는 나만 알 수 있다. 또한 제대로 힘을 주어야만 힘이 덜 든다. 요가를 통해서 하게 되는 신기한 체험 중 하나이기도 한데 선생님이 힘을 주라는 곳에 힘을 주면, 가령 발목이 아닌 발바닥에, 종아리가 아닌 허벅지에 힘을 주면 안 되던 자세도 잡히고 힘도 덜 들고 그때부터 몸이 아닌 정신 집중을 할 수 있게 된다. 명상할 수 있는 자세를 완성하게 되는 것이

113

다. 내 몸은 배배 꼬여 있지만 머릿속은 텅 비어 맑아지는 기분. 그전까지 머릿속에 복잡하게 날아다니던 수십 개의 단어가 컴퓨터를 리셋한 것처럼 머릿속에서 싹 사라진다. 수년째 요가 회원권을 끊는 이유다.

바로 그 시점부터 점점 더 어려워진다. 몸을 통해 기본으로 돌아가는 것은 상대적으로 쉽다. 하지만 초심자의 마음과 생각을 지니는 것은 다른 문제다. 보고 냄새 맡고 듣고 만지며 새로운 에덴의 새로운 아담으로 다시 태어나기란 내가 사랑해 마지않는 시인으로 태어나기만큼이나 어려운 변화다. 자신의 삶에 더 충실해진 사람조차도 힘들다. 그러므로 그들처럼 나도 귀를 열고 잃어버린 진리를 발견해야만 한다. 내 주변의 모든 것, 내 안의 모든 것에 반응을 보여야만 한다.

머리가 안 되면 몸으로 부딪혀보자 생각했던 신입사원 시절, 운전면허가 없었던 나는 차 없이 양손 가득 노트북과 서류 가방을 들고 온종일 거래처를 돌아다녔다. 하루는 손목이 아파 병원에 갔더니 인대가 늘어났다고 했다. 말 그대로 무지해서 벌어진 일이었다. 그래도 그렇게 사계절을 보냈더니 100개 가까이 되는 거래처 사람들과 얼굴만 보고도 눈인사를 건넬 수 있는 사이가 되었다. 지금은 운전면허도 있고 어느 정도 일머리나 노하우가 생겨 몸으로 부딪치는 일은 적지만 그때 초심자의 마음을 잊지 않으려고 늘 다짐한다. 달리기는 아니지만 어찌 보면 그 마음은 저자가 말하는 초심자의 마음과 닮아 있다. 무더위에 땀 흘리며 어렵게 찾아간 만큼 그냥 오지 않고 한마디하고 오겠다는 포부, 기념일에 꽃다발이 아니더라도 향이 좋은 꽃 한 송이 건넬 수 있는 관심, 작은 소리로 하는 말일수록 크게 듣고 되새기려는 마음들. 이처럼 삶에 익숙해진 사람들이 모두 귀 기울여야 하는 것들을 저자는 달리기 하나로, 380여 페이지에 걸쳐 전파한다.

NARAN'S PICK
조지 쉬언 지음, 김연수 옮김, 『달리기와 존재하기』, 한문화

관계의 종착은 어느 누가 정하길래 내가 하나의 점을, 마침표 찍기를 강요하는 걸까. 한 번은 기도 중에 종종 신의 음성을 듣는다는 친구의 말에 '그럼 그건 신인가' 생각했다. 그렇다면 그에 도달할 리 없는 나에게 종착은 없는 걸까. 누구도 나에게 마침표를 종용하지 않는 삶에 대해 생각하다가 종착역 없는, 칙칙폭폭 소리가 멈추지 않는 기차를 타고 영원히 달리는 기분은 무엇일지 궁금해졌다. 나는 정지해 있고, 기차는 달린다. 나는 가만히 창밖으로 달라지는 풍경을 바라보며 일상을 이어간다. 아무것도 하지 않지만 아무것도 하지 않는 게 아닌 상태다. 바라보는 것만으로 이미 무언가를 하는 기분이 들고, 그런 기분이 들자 나는 실제로 그것을 하기 시작한다. 그렇게 나는 관계의 시작은 있되 종착은 없는, 쉼표는 있으나 마침표는 없는 삶이기를 소망하게 된다.

나에게 관계란 '앎'이 아닌 '삶'에서 시작하는 것이다. 아는 사람이 아닌 사는 사람. 나를 살게 하는, 삶이 될 수 있는 사람이 내 관계의 시작이다. 언제부턴가 아는 사람이 너무 많아졌다. 그가 나를 아는 것과 별개로 내가 아는 사람, 우리가 아는 사람이다. 요즘은 손바닥에 감싸 쥔 스마트폰을 들여다보는 게 겁이 날 때가 있다. 손바닥 안에 그들이 제멋대로 바깥에 있는 내 삶이 되어버리는 건 아무래도 싫다. 유독 나에게만 따르는 어려움은 아닐 테지만 일단 그런 생각이 들면 잠시라도 스마트폰을 끈다.

오래 보아 온 사람이 몇 명 있다. 나 자신을 초라한 덩어리로 취급하던 20대 초반, 빛나는 얼굴로 무대의 중심에 서 있던 몇몇 사람들이다. 나는 제멋대로 그들을 동경의 대상으로 삼고 관계를 맺었다. 물론 그들은 그것에 관해 알지 못하지만 나와 내 친구는 이미 알고 있음으로 우리는 '관계'가 시작된 것으로, 내 삶에 들어와 있는 사람으로 여긴다. 사는 동안 매일은 아니더라도 꾸준히 그를 궁금해하고, 가끔은 추적하며, 어떤 식으로든 그에게서 영향을 받아 내 삶을 지어 나

117

가고 있다.

서점에서 오랜만에 동경의 대상이던 그들 중 한 명을 책으로 다시 만났다. 그는 내가 사는 지방의 한 동네에서 대학을 다녔다. 전공은 디자인이었지만 광고에 관심이 많아 여러 광고 공모전에 응모한다. 그러나 작은 상도 받지 못했고 졸업 후에도 취업이 힘들어 간판쟁이로 일한다. 그러던 어느 날, 한국을 벗어나 뉴욕으로 유학을 떠나게 되는데 그곳에서 2년 만에 세계 3대 광고제 중 한 곳에서 최우수상을 받게 된다. 이후 세계 유수의 광고제에서 '환경', '인권'을 주제로 한 작품으로 메달을 휩쓸고 뉴욕의 내로라 하는 광고회사에서 일하게 된다. 그의 이야기는 우리 학교뿐 아니라 대학생들 사이에서 화두였는데 그때 나는 대학교 2학년이었다. 한 동네에 살면서 마주친 적이 있을지 모르는 간판쟁이가 화려한 도시 뉴욕에서 공모전을 휩쓸었다는 사실이 기묘했다. 그 후 나도 모르게 그를 친근한 사람으로 여기며 관심을 두게 되었고 나중에 혹시라도 그를 만나게 되었을 때 나는 무엇을 하고 있으면 좋을지 생각했다. 뉴욕은 아니더라도 서울 강남이나 신사동 언저리에서 바삐 일하는 모습을 떠올렸다. 문화 예술적 경험을 더 누릴 수 있는 도시에서 활동할 수 있겠느냐는 나의 한계에서 조금씩 벗어났다.

그의 책 『광고 천재 이제석』에는 그가 상업 광고에서 공익 광고로 방향을 전환한 이야기가 소개된다. 언제부턴가 그는 상업 광고에서 흥미를 잃게 되는데 거기에는 분명한 이유가 있었다. 그가 경험한 상업 광고 시장은 '뻥이나 쳐서 돈이나 당기려 하고 아이디어도 없이 물량 공세나 퍼붓는 풍토'를 가진 곳이었다. 그는 '차라리 전쟁으로 환경오염으로, 기아로 당장 사람이 죽게 된 상황을 이야기하는 것'이 맞는 일이라고, 공익 광고를 하는 것이 자신도 즐겁고 성과도 좋은 일이라고 판단하며 이전과 다른 시도를 결심한다. 좋아하는 일과 잘하는 일 사이에서 갈등하던 그의 이야기는 '해보고 나서 생각하자'라는 결정을 하게끔 해 주었다.

대학을 졸업하고 서울에 일자리를 잡은 지 8년이 지났지만 지금도 종종 그를 찾는다. 포털 사이트에 '이제석', '광고천재 이제석'을 검색하면 자주는 아니지만 꾸준히 그에 대한 기사가 업데이트된다. 예전에 기사를 통해 나는 그가 한국으로 돌아와 광고 연구소를 차렸다는 것을 알았고 그 회사의 채용 공고가 뜨면 알림 메일이 오도록 설정해 둔 적이 있다(비록 지원은 하지 않았지만…). 국립현대미술관 서울관 신축 공사장 가림막의 그래피티를 직접 그렸다는 기사를 보고는 주말에 공사 현장에 찾아가 가림막을 구경하고, 평창올림픽 휴전벽을 제작했다는 말에 유튜브로 동영상을 찾아서 보았다. 한 번 보면 잊을 수 없는 경찰 간판, 간첩신고 광고 등 지금도 활발

119

한 모습을 보여주는 그를 보면서, 10년 전 나, 5년 전 나, 그리고 지금의 나를 바라본다. 그는 예전에 책에서 보았던 대로 여전히 자신이 원하는 그곳에서 자리를 지키고 있는데 나는 변했는지, 변함없이 그때의 마음으로 살아가고 있는지 돌이켜 본다. 그렇게 살고 있다. 그와의 관계 속에서.

NARAN'S PICK
이제석 지음, 『광고천재 이제석』, 학고재

120

사랑을 찾고 싶을 때

한 남자가 말한다. 주름이 없어 홑겹인 그녀의 눈에 반했다고. 이어서 여자가 말한다. 색소가 오래 머물러 얼룩이 되었을 그의 엉덩이의 몽고반점이 귀엽다고. 남자와 여자는 서로의 양말을 벗고 발가락을 꼼지락거리며 각자 부모에게 물려받은 못생긴 네 번째 발톱을 함께 가지고 있는 것이 운명이라고 말한다. 남들이 결점이라고 하는 것들을 그들은 서로 사랑한다. 태어날 때부터 혹은 자라면서 생겨버린 것들이다. 하지만 상대를 만나는 순간 그 또는 그녀만의 특별한 점이 되고 애정을 꽃피우게 하는 결정적 요인이 된다는 것을 당신을 알고 있는지.

눈 옆에 난 상처, 팔에 덕지덕지 난 점들, 서른이 넘어도 도무지 빠질 기미를 보이지 않는 볼살까지. 나도 나름의 단점이 있어 다행이라는 우스운 생각은 경주의 한 서점 주인에게 추천받은 책 한 권에서 비롯되었다. 서점 주인을 안 지 1년이 넘었다. 그는 낮에는 서점 일을 보고 저녁에는 주로 축구를 하며 지낸다. 한 달에 3일을 제외하고는 매일 서점 문을 여는데 그 3일마저도 쉬지 않고 새로운 서점이나 커피숍을 찾아다니며 바쁘게 보내고 있다. 그는 어떤 책을 읽으며 고즈넉한 동네 경주를 지키고 있을지 궁금했다.

"안녕하세요."

"어? 안녕하세요."

"혹시 책 한 권 추천받을 수 있을까요?"

"그럼요."

다소 어색한 목소리로 묻는 나와 달리 그는 밝은 웃음으로 화답했고, 곧바로 책을 건넸다. 아이다와 그의 연인 사비에르가 쓴 편지와 메모를 묶어 한 권의 책으로 만든 존 버거의 편지 소설 『A가 X에게』다. 로마의 한 호텔에서 그 편지 뭉치로 보이는 책을 다 읽었는데 모국어 없는 여행의 외로움을 견디는 데 그만이었다. 주인공 아이다가 나보다 더 외로워 보이는 사람이라는 이유로 모종의 위안을 받은 것이다. 아이다는 사랑하는 사람을 감옥에 보내고 혼자 지낸다. 둘은 오로지 편지를 통해서만 연락을 주고받을 수 있다. 그들의 편지는 시작부터 애틋하다. 보통 편지는 '누구에게'로 시작한다는 점을 고려하면 그 편지의 시작은 '사비에르에게'로 쓰여야 한다. 그런데 아이다는 이처럼 애칭을 쓴다.

> 미 구아포,
>
> 약국 진열장에 있던 뱀술 세 병 기억나요?
>
> (중략)
>
> 나의 엎드린 사자,
>
> 독방에 갇힌 수감자에게는 편지를 받거나 보내는 게 금지돼 있다는 건 우리 둘 다 알고 있지만, 그렇다고 내가 편지 쓰는 것까지 막을 수는 없어요.
>
> – 존 버거 지음, 김현우 옮김, 『A가 X에게』, 열화당

미 구아포('나의 멋쟁이' 정도의 애칭으로 쓰이는 스페인어), 하비비('내 사랑'이라는 뜻의 아랍어), 나의 엎드린 사자와 같은 애칭은 아랍어, 스페인어, 터키어 등 언어를 달리하는 경우도 종종 있다. 다음 편지에는 뭐라고 부를까 설레하며 페이지를 넘길 수 있다. 아이다를 따라 나도 앞으로 편지를 쓸 때는 애칭을 지어 적어보기로 했다. 상대는 한 명이어도 애칭의 수만

큼 여러 명이 될 수 있다. 여러 명을 사랑하지만 결국 한 명이 되는 마법의 편지다. 애칭으로 쓰는 단어 역시 여러 국가의 언어를 사용해보기로 한다. 낯선 단어가 만들어내는 설렘으로 오래 사랑할 수 있을 것 같은 기분이 든다.

아이다는 이중 종신형을 선고받아 다신 만나지 못하는 연인을 오래 사랑하는 방법을 편지에 하나씩 적어 나간다. 그중 한 가지는 바로 결점이다.

> 돌아오는 길에는 수레를 끌며 고철을 모으고 있는 베드를 만났어요. 그는 벌집에서 꿀을 뽑아내는 기술에 대해 이야기했어요. 꽃이 다 진 지금이 바로 꿀을 모으는 때인데, 그래서 그도 이야기를 꺼낸 거겠죠. 완벽하다고 할 수 있는 방법은 없지, 그가 말했어요. 하지만 완벽한 건 그다지 매력이 없잖아. 우리가 사랑하는 건 결점들이지.
> 그는 고개를 들어 밤하늘을 올려다봤고, 이어진 침묵 속에서 나는 그의 야윈 얼굴을 바라보았어요. 우리 아버지가 살아 계셨다면 연세가 비슷했을 거예요. 결점들! 그가 반복해서 말했죠. 차를 타고 돌아오면서 당신 오른손 손목에 있는 흉터를 떠올렸어요. 화상 흉터. 결점. 내가 당신을 알아보는 첫 번째 표시예요.

- 존 버거 지음, 김현우 옮김, 『A가 X에게』, 열화당

124

서로를 알아보는 사랑의 표시가 결점이라면 결여는 어떻게 말할 수 있을까. 결여. 자신이 완벽하다고 생각하는 이를 제외하고는 일반적으로 누구나 가지고 있는 기질이다. 나에게만 없거나, 유독 많이 가진 사람들 틈에서 나에게는 모자라게 느껴지는 것. 용기나 호기심처럼 삶의 활력을 불어넣는 것들이 내겐 결여된 것일 수 있고 자비나 인내심처럼 삶을 긍정하게 만드는 것이 결여가 될 수도 있다. 유머나 진지함에 결여를 느끼는 사람도 많다. 사람에 따라 다르지만 누구에게도 들키고 싶지 않은 한 가지, 본인에게도 숨기고 싶어 한다는 점, 동시에 절대 숨길 수 없는 점에선 모두에게 같을 것이다. 외딴 섬에 숨어 사는 외톨이가 아닌 이상, 매일 새로운 사람을 만나 내가 보여주고 싶은 만큼만 보여줄 수 있는 관계를 추구하지 않는 이상 나의 결여를 완벽히 숨기는 건 어렵다. 그렇다면 어떻게 해야 할까.

숨길 수 없다면, 드러내는 방법이 있다. 결여를 숨기지 말고 함께 나눌 사람을 찾는다면 그 관계를 통해 사랑을 찾을 수 있다고 말하는 사람이 있다. 문학 평론가 신형철은 그의 책 『슬픔을 공부하는 슬픔』을 통해 결여를 견디는 관계를 말한다.

사랑도 하나의 관계라면, 사랑 안에서도 모종의 교환이 이루어지고 있다고 가정해야 한다. 그런데 여타의 관계와는 다른, 사랑 고유의 교환 구조라는 것이 있지 않을까. 나는 그것이 '결여의 교환'이라고 생각했다. 누구나 결여를 갖고 있다. 부끄러워서 대개는 감춘다. 타인 역시 그러할 것이다. 그런데 어떤 결정적인 순간에 내가 그의 결여를 발견하는 때가 있다. 그리고 그때 이런 일이 일어날 수 있다. 그의 결여가 못나 보여서 등을 돌리게 되는 것이 아니라 오히려 그 결여 때문에 그를 달리 보게 되는 일. 그 발견과 더불어, 나의 결여가, 사라졌으면 싶은 어떤 것이 아니라 오히려 그의 결여와 나누어야 할 어떤 것이 된다. 내가 아니면 그의 결여를 이해할 사람이 없다 여겨지고, 그야말로 내 결여를 이해해 줄 사람으로 다가온다. 결여의 교환 구조가 성립되는 것이다. 그것이 그들을 대체 불가능한 파트너로 만들었으니, 두 사람은 이번 생을 그 구조 안에서 견뎌 나갈 수 있으리라. 말하자면 이런 관계가 있지 않을까. 있다면, 바로 그것을 사랑의 관계라 불러야 하지 않을까.

- 신형철 지음, 『슬픔을 공부하는 슬픔』, 한겨레출판

상대의 말과 행동을 통해 종종 나를 들여다보게 되는 경우가 있다. 상대의 결여를 발견하게 되는 순간 역시 나의 결여를 다시 들여다보게 되는 계기가 될 수 있는 것이다. 만나고 헤어짐의 반복을 몇 차례 경험했다면 이 점에 대해 생각해

보지 않을 수 없다. 작가의 말처럼 결정적인 순간에 발견한 그의 결여가 그를 달리 보게 되는 발견이 되면 좋겠지만 많은 경우 상대의 결여를 이해할 수 없어서, 나의 결여를 상대가 견뎌줄 수 없을 것 같다는 생각이 관계를 멀어지게 만들곤 하니까 말이다.

살다 보면 언젠가 한 번은 드리울 고민 '이 사람과 평생 사랑할 수 있을까' 앞에서 '결여'를 기준으로 하는 건 어떨까 한다. 서로의 결여를 나눌 수 있는 사람, 견딜 수 있는 관계라는 생각이 들면 영원한 사랑의 맹세를, 슬프지만 그런 생각이 들지 않으면 지금 이 사랑을 마음 어딘가에 영원히 간직하겠다는 맹세를 하는 기준으로 삼는 것. 판단의 과정은 무척 고되겠지만 어찌 되었든 외적인 것, 물질적인 것, 우리의 관계가 아닌 타인의 관계가 기준이 되는 것보다는 영원하지 않을까.

NARAN'S PICK

신형철 지음, 『슬픔을 공부하는 슬픔』, 한겨레출판
존 버거 지음, 김현우 옮김, 『A가 X에게』, 열화당

타인의 인생이 궁금하다면

"내가 잘못하는 걸까?"

"뭘?"

"결혼하는 것 말이야."

- 엘레나 페란테 지음, 김지우 옮김, 『나의 눈부신 친구』, 한길사

    그런 친구가 있었다. 약속하지 않아도 등굣길 어느 지점에서 만나 정문이 있는 언덕길까지 숨이 차도록 어제 있었던 일을 털어놓는, 지각도 아닌데 괜히 교실까지 달리기 시합을 하던, 혼자서는 엄두도 못 낼 일을 둘이라는 이유로 마음껏

해내던 사이의 친구. 실수를 저질러도 그건 잘못이 아니라고 말해주며 상처 나지 않도록, 서로를 반짝이는 보석처럼 여겨주던 친구.

밤마다 친구 집 앞 놀이터에서 나누던 우리의 대화는 시시콜콜한 주제들로 가득했지만 다른 누구도 아닌 우리가 주인공이 되는 순간이었기에 어느 것 하나 섣부르게 판단하거나 함부로 결론짓지 않았다. 청정한 웃음 외에는 아무것도 없었지만 무기력을 해소하고 삶의 안정을 찾는 데에는 그만한 처방이 없었다.

그 친구가 내게 주었던 그 마음들은 어느새 몸이 되었다. 어른이 되어 필연적으로 마주하게 되는 주저와 허무의 순간을 견디게 해주는 나의 몸. 덕분에 나는 잘 견디며 지내고 있다. 이탈리아 작가 엘레나 페란테에게도 그런 친구가 있었다. 그의 소설 '나폴리 4부작'을 읽다 보면 '있었다'라고 말하는 도리뿐이다.

> 릴라가 내 인생에 등장한 것은 초등학교 1학년 때였다. 나는 처음에 릴라에게 아주 강한 인상을 받았다. 릴라가 아주 못된 아이였기 때문이다. 사실 우리 반 아이들에게는 모두 약간씩은 못된 구석이 있었다.
>
> - 엘레나 페란테 지음, 김지우 옮김, 『나의 눈부신 친구』, 한길사

129

릴라와 레누는 초등학교 1학년 때 처음 만난다. 레누는 방과 후 집으로 돌아가는 어느 날, 강한 인상을 준 그 릴라가 돌팔매질하는 남자아이들 사이에서 홀로 맞서고 있는 걸 보게된다. 레누는 자신도 모르게 릴라를 도와 같이 돌을 던진다. 레누는 늘 자신의 행동에 확신이 없는 아이였기에 무슨 일이든 절대적인 확신을 하고 행동하는 릴라에게 끌렸는데, 돌팔매질을 도운 것도 자연스러운 이끌림이었다. 그리고 그날 이후 늘 확신 없는 아이 레누와 무엇이든 확신하는 아이 릴라는 60년간 우정을 이어나간다. 비록 둘은 레누가 중학교에 진학하면서부터, 반대로 릴라는 진학하지 못하면서부터 학교 생활을 공유하기는 더 이상 어려워졌지만 방과 후에 동네에서 함께 지내며 관계를 돈독히 이어갔다. 라틴어 공부도, 사춘기도, 여행도. 결혼식까지도 모두 나폴리를 벗어나지 않았기 때문에 그 안에서 둘의 우정은 가능했다.

한날 릴라의 결혼식을 앞두고 레누는 릴라가 씻고, 머리를 손질하고 옷 입는 걸 돕는다. 릴라는 얼마 남지 않은 식을 앞두고도 결혼을 하는 것이 맞는 건지 레누에게 묻는다. 레누는 평소와 달리 불안함을 내비치는 친구를 안정시키던 참이었는데, 그때 릴라는 엉뚱하게도 이렇게 말한다.

"무슨 일이 일어나든 넌 공부를 계속하도록 해."

"2년이면 고등학교를 졸업해. 그러면 끝이지."

"아니. 절대로 멈추지 마. 필요한 돈은 내가 줄게. 넌 항상 공부해야 해."

나는 조그맣게 웃어 보인 후 릴라에게 말했다.

"고마워. 하지만 언젠가는 학교 공부를 마칠 수밖에 없어."

"넌 아니야. 넌 내 눈부신 친구잖아. 너는 그 누구보다도 뛰어난 사람이 되어야 해. 남녀를 통틀어서 말이야."

– 엘레나 페란테 지음, 김지우 옮김, 『나의 눈부신 친구』, 한길사

결혼이라는 인생의 중요한 갈림길에 서서 돌연 친구의 진로를 걱정하고 응원하는 릴라. 섣부르다고 볼 수 있지만, 나는 '나폴리 4부작' 4권 중 제1권 『나의 눈부신 친구』 후반 즈음 나오는 이 부분을 읽고 작가에게 그런 친구가 '있었다'고 (친구가 릴라인지 작가가 레누인지를 떠나서) 확신했다. 그리고 나에게도 '있었던' 친구, 지금 내 옆에 있는 친구들을 내내 생각했다. 그리고 『나의 눈부신 친구』 이후에 『새로운 이름의 이야기』, 『떠나간 자와 머무른 자』, 『잃어버린 아이 이야기』까지 세 권의 소설이 한 권씩 출간될 때마다, 소설을 읽는 2년 동안 내 인생에서 가장 중요한 단어에 '친구'가 있었다. 마치 열일곱의 나로 돌아간 기분이 들었고, 덕분에 소설을 읽지 않

았더라면 아예 잊었을 친구들과 지난 장면들을 많은 부분 복원해냈다. 이토록 소중한 기억들, 내 가장 순수했던 시절들을 왜 지금껏 잊고 지냈을까.

소설은 아무도 나에게 묻지 않는 두 가지를 내밀하고 은근하게 건넸다. 나에게도 그런 사람이 있었나? 나에게도 그런 사람이 있을까? 눈부신 친구, 믿고 따르는 선배, 아낌없이 내 것을 내줄 수 있는 사람. 때로는 그 답이 지금은 부재중인 누군가의 이름인 경우가 있다. 그럴 때면 그제야 그 사람이 나에게 얼마나 소중했는지, 지금은 왜 이렇게 되었는지 지난 이유나 변명을 되짚으며 앞으로 그렇게 하지 말아야지 하며 반성한다. 그런다고 지난 과거를 되돌릴 수 있다거나 부재중인 그와의 관계가 회복되지 않는다는 걸 안다. 그렇지만 이런 시간이야말로 어제 미처 끝내지 못한 일, 내일 해야 할 일을 생각하며 보내는 일상에서 벗어나 생의 한가운데에 나를 세우는 점 같은 시간이라고 할 수 있다. 나는 이 시간을 '점의 시간'이라고 부른다.

소설은 알고 있다. 삶은 시간표를 잘 세우고 충실히 따르며 사는 젊고 싱싱한 나에게 성취, 보람 같은 기분 좋은 감정, 원하는 것을 누릴 수 있는 보상을 주지만 점의 시간은 주지 않는다는 것을. 삶은 흐르는 그 방향으로 계속해서 흐르려는 기질이 있기에 더더욱 점의 시간은 줄어든다는 것을. 그러니

하나뿐이고, 한 번뿐인 생을 가만 흘려보내지 말라고. 흐르는 대로 흘러와 보니 똥물이다, 억울하다고 말하는 건 누가 봐도 무용이라고. 나에게 어떤 친구, 어떤 사랑 그리고 어떤 내가 있었는지. 생의 한가운데에 점의 시간을 자꾸 만들어 보라고.

NARAN'S PICK
엘레나 페란테 지음, 김지우 옮김, 『나의 눈부신 친구』, 한길사

호기심이 사라진 날에는

열 살 때까지 주택에 살았다. 부모님이 맞벌이를 하셨기에 두 살 어린 동생과 나는 노을이 지고 동네 전체가 어둑어둑해질 무렵까지 놀이터에서 놀았다. 집으로 돌아와선 엄마 아빠를 기다렸다. 우리 집에는 거실과 베란다라고 할 만한 건 없었고 안방에 창이 하나 있었다. 동생과 나는 안방에서 텔레비전을 켜놓고 틈나는 대로 창밖을 내다봤다. 바로 앞에 거대한 성당이 있었는데 성당 곳곳에 켜둔 조명과 가로등 덕분에 집 앞 거리는 밝았다. 가로등 불빛 사이로 엄마 아빠의 형체가 보이면, 그제야 우리는 안심하고 이불 속에 들어가 기다렸다.

어린 아이 둘이 엄마 아빠의 무사 귀가를 걱정했던 것이다.

김한민 작가가 쓴 포르투갈 시인 페소아 여행기 『페소아』
를 읽다가 익숙하고도 낯선 단어가 눈에 들었다. '창문하다.'
초등학교 2~3학년 일기장에서나 등장할 법한 이 동사를 보
며 나는 동생과 나의 초등학생 시절을 생각했다.

> 눈썰미 좋은 여행자라면 창문턱에 몸을 걸치고 따로 하는
> 일 없이 물끄러미 바깥 거리를 쳐다보는 사람들이 포르투
> 갈에 유난히 많음을 발견할 수 있을 것이다. 오죽하면 포
> 르투갈어에는 '창문하다'라는 동사도 있다. 일상에서 자주
> 쓰이는 말이라기보다 문학적 표현에 가깝지만 말이다. 한
> 때 한국의 정서를 특징이었던 '한'처럼, 포르투갈을 대표하
> 는 '사우다드(saudade)'의 정서를 일상에서 보여주는 행동
> 중 하나가 바로 '창문하기'가 아닐까 생각한다.
>
> - 김한민 지음, 『페소아』, arte

눈썰미가 없는 나 같은 사람이 그곳에 갔다고 한들 이런
발견은 못했을 것이다. 저자 김한민은 그림을 그리는 사람이
기도 하다 보니 유난한 관찰력을 가지고 있는 것도 이런 발견
에 일조했을지 모른다. 나도 이탈리아에 갔을 때, 노랑, 주황,
민트색으로 칠해진 건물들에 많은 창을 보며 감탄한 적이 있

는데 당시에는 이렇게 말했을 뿐이다.

"저기서 종일 창밖에 지나다니는 사람들만 쳐다보고 싶다. 온종일 아무 생각 안 하게. 그러면 좋겠다."

> 사우다드. 참 알쏭달쏭한 말이다. 그리움이긴 하되 단지 과거에 대한 향수뿐만이 아니라 오지 않은 것, 미지의 것, 미래에 대한 그리움까지 포함하는 넓은 말이다. 아니 적어도 많은 포르투갈인들은 그렇게 믿고 싶어 한다. 대항해 시대 당시, 바다에 나갔다가 죽어 돌아오는 사람이 유난히 많았던 포르투갈 역사의 특징 때문에 여러 문인들이 앞장서 이를 나라의 '대표 정서'로 삼고 싶어 하기도 했다. 그래서인지 이 말에 반감이 있는 사람들도 적지 않다. 적지 않은 한국인들이 '한의 정서'라는 말을 듣기 싫어하듯이 말이다.
>
> – 김한민 지음, 『페소아』, arte

'창문하기'는 그저 사색하는 모습을 표현한 단어가 아니다. 바다에 나갔다가 돌아오지 못하는 가족을 기다리는 마음, 사우다드라고 하는 사무치는 그리움을 정서적으로 표현한 슬픔의 단어다. 페소아의 시집 『내가 얼마나 많은 영혼을 가졌는지』에 「크리스마스 2」라는 시가 있다.

크리스마스에 눈 내리는 시골, 단란한 집들의 풍경을 하나하나 마음속에 간직하는 시다. 시를 읽으면 창밖을 보며 사색하는 페소아의 모습이 눈에 선명히 그려진다. 누군가를, 혹은 어딘가를 그리워하는 그의 마음이. 요즘에는 누군가를 하염없이 기다리는 일이 없다. 예전에 나와 동생이 매일 밤 엄마 아빠를 기다리며 온 밤을 창문하며 보낸 것 같은 그런 일은 통신 장애가 발생하지 않는 이상 일어나지 않을 테니까. 가끔은 창문하기에 빠지고 싶을 때가 있다. 옆에서 울려대는 휴대폰과 24시간 내내 켜져 있는 노트북, 잠들기 전까지 손에 쥐고 있는 패드까지 모든 걸 끄고 창문하기를 하고 싶다. 그러면 알게 되지 않을까. 나에게도 그리워하는 무언가가 있다는 걸.

NARAN'S PICK
페르난두 페소아 지음, 김한민 옮김,
『내가 얼마나 많은 영혼을 가졌는지』, 문학과지성사
김한민 지음, 『페소아』, arte

기댈 사람이 필요한 날에는

나에게는 언니가 없다. 실은 있었을지도 모를 일이지만 엄마에게 물어본 적은 없다. 그렇다고 오빠가 있는 것도 아니다. 이 점 역시 살면서 한 번도 의문을 품은 적이 없다. 이제와 엄마에게 "엄마, 나도 오빠가 있었던 적이…"라며 묻기엔 겁이 난다. 어른이 될수록 소심해지는 걸까. 어디에도 꺼낼 수 없는 삶의 의문들로만 남은 마음이 채워지는 건 아닐지 걱정스러울 때가 있다.

그런 나에게도 내세울 수 있는 한 가지가 있었다. 어린 내가 가진 유일한 무기는 '소원 빌기'였다. 자주 빌었던 소원 2개

중 하나는 '오늘 길에서 천 원만 줍게 해주세요'였다. 어릴 때만 해도 주머니가 헐렁한 사람들이 많았다. 길거리에 동전들이 여기저기 뒹굴었고 땅이나 벽, 하늘을 보느라 하루를 다 쓰는 애들 눈에는 그런 것들이 잘 보였다.

그렇게 주운 돈은 단위에 따라 사용처가 달랐는데, 10원이나 50원짜리 동전들은 당장 쓸 데가 없기 때문에 주머니에 넣어뒀다가 집에 있는 돼지 저금통에 넣었다. 저금통에 넣었을 때 '탁' 하는 소리가 좋았다. 새 동전이 아래로 떨어지면서 기존 동전들과 부딪치며 나는 소리가 얼마나 짜릿한지, 어린 마음이었지만 오늘 뭔가 한 건 했다는 만족감을 느꼈다. 그 덕인지 지금도 동전은 따로 모은다. 돼지 저금통은 플라스틱 보틀로 바뀌었지만. 간혹 5천 원이나 1만 원짜리를 줍는 일도 있는데 그건 큰일이다. 미취학 아동에겐 큰돈이니까. 주인이 가다가 돌아와서 찾을 수도 있으니 기다리고 있다가 아무도 찾아가지 않으면 엄마에게 들고 간다. 엄마는 이런 돈은 바로 써 버려야 한다며 마트에 가서 과자와 아이스크림을 잔돈 남기지 않고 사 오게 한 다음, 일부를 봉지에 담아 이웃집에 갖다주라고 시켰다. 아이스크림을 먹는 건 좋았지만 심부름은 내키지 않아 나는 천 원을 줍는 걸 제일 좋아했다. 하루 용돈이 500원이었는데 천 원이면 이틀 치밖에 안 되는 거니까 엄마에게 굳이 말 안 해도 되고 심부름도 안 해도 되니까.

1~2천 원을 주우면 그때는 동생이랑 문구점에 가서 뽑기를 하거나 사고 싶었던 학종이, 지우개 같은 걸 샀다. 물론 그 전에 엄마에게는 비밀로 하겠다는 서약이 필요했다. 그래도 우리는 주운 돈은 바로 써 버려야 하고, 쓸 때는 혼자 쓰지 말고 다른 사람들과 나눠 쓰라는 엄마의 말은 꼬박꼬박 지켰다.

두 번째로 많이 빌었던 소원이 '언니'였다. 언니가 있는 친구네 놀러 갔다 온 날 밤, 이불 위에 누워서 천장 형광등 불빛을 보면서 빌었던 소원이다. '나이 많은 형제 생기게 해주세요. 이왕이면 오빠보다는 언니가 갖고 싶어요.' 옆에 누운 동생에게는 안 들리도록 입 모양으로만 빌었다.

빌라 2층에 살던 어릴 때는 옆집에 동갑인 친구가 살았다. 친구와 나는 교실의 공기놀이 서열에서 밀리고 싶지 않아 매일 친구네 집에서 연습을 했다. 방문 앞에 마주 앉기만 하면 공기 판은 완성된다. 번갈아 가며 연습하고 있는 그때, 한 번씩 공기 판에 발을 들이밀어 시합을 멈추게 만드는 사람이 있었다. 바로 친구의 언니다. 단발머리 중학생 언니는 말 한마디 없이 공기 판을 지나 방 안으로 들어간다. 그리고는 책상 서랍에서 무언가를 꺼내서는 바로 사라졌다. 연습은 중단되었지만 별 상관없었다. 다시 시작하면 되니까. 대신 잠깐이었지만 언니가 지나가고 나면 방 안 공기가 달라지는 게 나에게는 신기하게 느껴졌다. 언니가 지나간 그 자리에는 성숙함 같은 게 배어 있었다. 닮고 싶다, 탐난다는 생각보다 '우리 집에도 언니가 있었으면…' 하고 바라던 기억이 선명하다.

> "너에게도 언니가 생겼다."
> 마당에 우두커니 서 있던 이모를 처음 봤을 때부터 엄마는 순애 이모가 좋았다. 언니라는 말의 울림이, 그 다정하고도 애틋하게 들리는 말이 좋았다.
> – 최은영 지음, 『쇼코의 미소』, 문학동네

사촌이라도 어릴 적에 함께 사는 언니가 있었더라면 어땠을까. 지금처럼 혼자 생각하고, 혼자 짐작하고 판단해서 혼자 행동하고 책임지려는 모습은 좀 덜하지 않았을까. 누군가에게 의지하고 기댈 줄도 아는 그런 사람이 될 수 있지 않을까.

> 엄마는 학교에서 무슨 일이 생기면 이모에게 해줄 말이 생겼다는 생각부터 했고, 학교가 끝나면 수선집으로 달려가서 가방을 던져놓고 이모에게 이야기를 쏟아냈다. 이모는 초크를 들고 원단 위에 본을 뜨면서, 바늘에 실을 끼워 넣으면서, 재봉틀의 페달을 밟으면서 엄마의 이야기를 들어줬다.
> – 최은영 지음, 『쇼코의 미소』, 문학동네

적어도 언니에게는 무슨 말이든 쏟아낼 수 있지 않았을까. 특히 부모에게 할 수 없는 서글픈 말들을. 그냥 들어주고 같이 울어주고 그런 사람이 언니였다면 좋았을 텐데.

지금도 나는 언니, 언니들을 쉽게 지나치지 못한다. 대학에서, 회사에서 만난 언니들, 드라마에서, 소설에서 만난 언니들. 현실과 허구를 막론하고 모든 게 멋있고 빛나 보였던 그들. 교과서와는 다른 선택을 하는 그들은 나에게 늘 새로운 것에 도전할 용기를 줬고, 덕분에 나는 20대 때 삶의 험난한 과정들을 한 계단씩 오를 수 있었다. 30대가 되면서부터는 언니들이 하나둘 사라졌다. 사라지는 게 눈에 보였다.

언니, 언니를 본 지 벌써 10년이 흘렀네요. 보푸라기 인 폴리에스테르 재질의 책가방을 메고, 알람 소리 어지러운 육교를 지나 '노량도'에 입성한 게 엊그제 같은데, '합격해야 탈출할 수 있는 섬'이라고. 다들 그런 식으로 우스갯소릴 하곤 했잖아요. 그때는 언니가 되게 언니처럼 느껴졌는데 이제 저도 서른이네요. 그사이 언니에게도 몇 줄로는 요약할 수 없는 시간들이 지나갔겠죠?

- 김애란 지음, 『비행운』, 문학과지성사

김애란의 단편 「서른」을 읽을 때 나는 스물다섯이었다.

문장을 따라 자연스레 생긴 의문 하나가 바로 이것이었다. '스무 살 때 학회실에서, 학생 식당에서 마주치던 언니들, 그 언니들은 지금 어디에 있을까?' 그렇게 나는 언니들을 잃어버렸다. 그리고 서른이 되도록 새로운 언니는 나타나지 않았다.

> 어떤 인연도 잃어버린 인연을 대체해줄 수 없었다. 가장 중요한 사람들은 의외로 생의 초반에 나타났다. 어느 시점이 되니 어린 시절에는 비교적 쉽게 진입할 수 있었던 관계의 첫 장조차도 제대로 넘기지 못했다.
>
> - 최은영 지음, 『쇼코의 미소』, 문학동네

실은 나타나지 않은 게 아니라 내가 '관계의 첫 장'을 넘기는 것조차 어려운 나이가 되어버린 건가. 그렇게 생각한 적도 있다. 언니만이 아니라 회사에서 새로운 동료를 사귀는 것도, 여행지에서 현지인들과 어울리는 것도, 동네 커피숍 주인에게 말을 건네는 것조차 이제는 낯설고 어려운, 한 번 하려면 심호흡을 해야 하는 종류의 일이 되어버렸다. 그러다가 최근에 나는 다시, 새로운 언니 한 명을 알게 되었다. 정확히는 내가 아니라 소설 속 화자 '나'가 파리에서 만난 언니이지만.

> 언니는 삼십 대 후반이었고, 뜻밖에도, 대기업의 주재원으

로 파견 나와 있다고 했다.

"주재원이요?"

나는 놀라서 되물었다. 그때까지 프랑스에서 반년 가까이 살면서 내가 알게 된 젊은 한국 여자들은 유학생이거나 유학 준비생 또는 여행객이었고, 그게 아니면 유학생이나 주재원 혹은 프랑스인의 아내였다. 주재원이라는 말을 듣자 나는 그때까지 별 관심 없었던 언니에게 흥미가 생겼다.

— 백수린 지음, 「시간의 궤적」, 『2019 젊은 작가상 수상 작품집』, 문학동네

어학원에 함께 다니는 사이였던 '나'와 언니는 그날 이후 많은 시간을 함께 보낸다. '학원 수업이 끝나면 지하철역까지 같이 걸어가다가 옆길로 새 맥주를 마시기도' 하고, '주말에는 영화를 보러 가거나 번화가에서 아이 쇼핑을 하기도' 하고. 햇살 좋은 날이면 '헤어지는 게 아쉬워' 밥을 먹고 맥주를 마시기도 하면서. 그렇게 '나'에게는 언니가 생겼다.

언니는 최초의 사람, 그러니까 내가 다니던 회사를 그만두고 늦은 나이에, 거창한 계획이나 목표도 없이 학창 시절부터 꿈꿨던 대로 미술사를 공부해보고 싶다는 막연한 생각만으로 프랑스에 왔다는 사실을 털어놓았을 때, 나를 한심하게 생각하거나 모두가 안정을 찾아가는 시기에 그럴

게 인생을 낭비하다가는 결국 낙오자가 될 거라고 말하지
않은 최초의 한국 사람이었고, 나는 그런 언니가 좋았다.

- 백수린 지음, 「시간의 궤적」, 『2019 젊은 작가상 수상 작품집』, 문학동네

　　지금의 나 역시 거창한 계획이나 목표가 사라진 상태다.
'모두가 안정을 찾아가는 시기'에 남들과 조금 다른 곳에 푯
대를 꽂고 조용히 지내고 있는 이 시기에, 어디에도 털어놓을
수 없는 이 상황에서 주재원 언니를 보자 혈색이 도는 기분이
들었다. 그리고 나의 열띤 흥분 상태는 마지막 장, 그리고 책
을 덮고 나서도 한동안 가시지 않았다. 그러나 소설을 읽은
그날 나는 알았다. 실은 나에게 수많은 언니들이 있었다는 것
을, 엄마에게 굳이 물어보지 않아도 알 수 있는 사실이었다는
것을. 그리고 앞으로도 영원히 언니들이 있을 거라는 엷은 희
망까지도 그날 나는, 보았다.

NARAN'S PICK

김애란 지음, 『비행운』, 문학과지성사
백수린 지음, 「시간의 궤적」, 『2019 젊은 작가상 수상 작품집』, 문학동네
최은영 지음, 『쇼코의 미소』, 문학동네

커피를 좋아한다면

2008년 민트 플라자에 카페를 열자마자 일본으로 여행을 떠났어요. 며칠 동안 교토에 머물렀죠. 그곳에서 어떤 매력적인 거리를 걷다가 잠자리의 실루엣이 아름답게 그려진 그림을 봤어요.

(중략)

안을 들여다보니 칵테일 바였어요. 기호가 아닌 그림문자에 가깝다는 점이 흥미로웠고, 단순한 형태에 한 가지 색으로만 돼 있다는 점도 제 눈길을 끌었죠.

(중략)

그렇게 (유럽 최초의 커피하우스 '더 블루 보틀'과 이름이 같은)
파란 병 모양에 불이 들어오는 조명을 생각해 냈어요.

- 드리프트 코리아 편집부 지음, '블루보틀 창업자가 말하는 카페 문화', 『드리프트 Drift Vol. 7: 샌프란시스코』, 마이비라인

한국에도 지점이 몇 군데 있는 블루보틀은 미국의 한 클라리넷 연주자가 시작한 카페인데 방문할 때마다 일본의 어느 선술집 주인이 만들었을 것 같다고 착각했다. 알고 보니 일본에 대한 블루보틀 대표의 남다른 애정이 내 착각의 주범이었다.

처음 블루보틀을 알게 된 건 도쿄로 카페 투어를 계획하던 2017년 봄 무렵이었다. 내 여행 스타일은 국내든 해외든 혼자 떠날 땐 교통편과 숙소만 예약하면 끝인데 동행이 있으면 아무래도 정해진 일정이 있는 편이 서로의 마음을 덜 할퀼 것 같았다. 가이드북에 나오는 코스대로 가는 것도 좋지만 기왕이면 우리만의 루트가 있으면 특별한 기분이 드니까, 도쿄 카페 투어를 해보자는 생각으로 책을 볼까 해서 서점에 갔는데 아니나 다를까 모범답안이 적힌 책이 있었다. 도쿄 카페 25곳에 다녀온 이야기를 묶은 여행 에세이였다. 무엇보다 책날개에 적힌 저자의 직업을 보고 책을 읽기도 전에 신뢰가 생겼다.

'현) 아시아나 항공 선임 사무장.' 카페를 찾아 세계를 날

아 다니는 사람이었다. 내용도 단순한 감상만 있는 건 아니었다. 인터뷰집이 아닌데 몇 번에 걸친 인터뷰를 가다듬어 에세이 형식으로 정리해 놓은 글을 읽는 기분이 들었다. 아무래도 커피에 대한 적절한 깊이의 설명 덕분인 것 같았다. 학교 다닐 땐 역사를 그렇게 싫어했는데 커피의 역사는 들을수록 가보고 싶다, 마셔보고 싶다는 생각만 간절해졌다.

일본 고베 지역에서 활성화되었던 상온 추출 커피인 더치커피를 미국에서 제일 먼저 받아들인 곳은 샌프란시스코의 블루보틀 커피였다. 일본풍의 커피를 좋아하던 블루보틀은 더치커피를 마케팅 화하여 '교토 드립'이라는 이름을 붙였고, 큰 호응을 얻었다. 이후 미국의 대규모 스페셜티 커피 업체인 스텀프타운 커피는 더치커피보다 추출 시간이 좀 더 짧은 콜드브루 스타일을 내세웠고, 자연스럽게 스페셜티 커피는 콜드브루 스타일 추출로 무게 중심이 옮겨가게 되었다. 한국에서는 모 음료 업체가 미국 챔피언 출신인 찰스 바빈스키를 영입하여 광고하면서 뒤늦게 용어가 알려지게 되었다. 더치와 콜드브루 커피 모두 상온수로 장시간 추출하는 커피인데, 의외로 카페인 함유량이 만만치 않다.

- 심재범 지음, 『동경커피』, 디자인이음

더치커피를 한창 마실 때였다(몇몇 카페의 비위생적 관리로 인해 지금은 대부분 사라졌지만). 따뜻하게 마실 수 없는 여름 전용 커피 정도로 알고 있던 더치커피에 관한 짧은 역사를 알게 되자 저곳에서 마시는 건 뭔가 다르지 않을까, 하는 생각이 들었고 그렇게 '여기도 가야겠어', '위치가 가까우니까 두 군데 다 들르면 되겠다' 하며 하나씩 추가하다 보니 4박 5일 동안 가야 할 카페만 10곳이 넘었다. 맛있는 곳은 적어도 한 번 더 방문한다고 가정했을 때 무리한 일정이었다. 편의점이 아닌 이상, 문이 닫혀 있는 날이 있을 수도 있고 피크 타임에는 줄을 설 수도 있었다.

그래도 블루보틀은 놓치지 않고 갔다. 롯폰기힐스에 가보고 싶은 덮밥집이 있었는데 그 근처에 블루보틀이 있었고, 기요스미 정원이 있는 기요스미 시라카와 역 부근에 블루보틀 일본 1호점뿐 아니라 다른 카페들도 몰려 있어 일정을 소화할 수 있었다. 무엇보다 기요스미에 있는 블루보틀에 갔을 때는 동네 분위기만으로 교토에 온 착각이 들 만큼 고즈넉하고 여유로워서 놀랐다. 커피집 덕분에 몰랐던 동네를 알게 된 것만으로도 만족스러웠다. 두 번 들른 카페를 포함해 4박 5일간 여덟 곳의 새로운 카페에 가며(호텔 앞 스타벅스는 제외!) 나의 첫 도쿄 카페 투어는 풍족하게 마무리되었다.

언제부터인가 영화, 책, 드라마를 보면서 작품만큼 섭외 과정이나 작가의 창작과 관련된 뒷이야기, 각종 에피소드를 찾아보는 재미에 빠졌다. 이런 뒷이야기는 대부분 잡지 인터뷰에서 발견하는 경우가 많다 보니 미용실이나 병원, 은행에 가면 틈새의 시간에도 패션 잡지를 꺼내 읽는다. 요즘에는 영화 비하인드 스토리 전문 방송인 JTBC 〈방구석 1열〉도 열심히 챙겨 보고 있다. 작품 바깥 얘기를 어찌나 맛깔나게 하는지 음식 프로그램보다 더 군침이 돌아 다시 보기 한 영화가 몇 편인지 셀 수 없다.

약간의 집착도 생겼다. 카페, 작가, 서점 등 뭐든 내가 좋아하는 건 뒷이야기를 찾아보는 것이다. 그렇게 알게 된 잡지 중 하나가 바로 커피 전문지 『드리프트(DRIFT MAGAZINE)』다. 얼마 전 세계 바리스타 챔피언을 거머쥔 한국 바리스타를 표지 모델로 쓴 『바리스타(BARISTA)』를 비롯해 『월간 커피』, 『로스트(ROAST)』 등 다양한 커피 잡지들이 있지만 나는 드리프트를 가장 좋아하고 많이 추천해왔다(드리프트 코리아 편집부와 인터뷰하면서도 당당히 밝혔다. 좋아한다고). 그 이유에는 내가 커피 전문가가 아니라는 점이 포함되어 있다. 드리프트는 2015년 1월에 미국에서 론칭한 커피 컬처 매거진으로 뉴욕을 시작으로 하여 매 호마다 한 도시를 선정해 그곳의 커피와 인물을 취재해 한 권의 잡지를 만든다. 하나의 기호에 대한 애호를 나타내는 대표 주자가 잡지라고 했을 때, 무엇보다 커피를 만드는 사람이 아닌 마시는 사람으로서, 커피와 함께 생활하는 나로서 다른 나라에 있는 사람들의 커피 생활기 혹은 생존기가, 커피 도구와 추출, 농장 중심의 인터뷰보다는 흥미로울 수밖에 없다.

스톡홀름 편에서 가장 흥미롭게 본 커피 이야기는 '육아 휴직 중에 마시는 라떼'였다. 스웨덴에서는 일명 '라떼파파'라고 하여 아빠도 육아 휴직을 쓰는 경우가 많다 보니 둘 중 한 명이 출근하면 육아 중인 엄마 혹은 아빠는 아이를 데리고 나와 카페에서 라떼를 마시며 이웃과 담소를 나눈다. 일반적인 낮의 풍경이다. 이런 풍경은 자연스레 스웨덴의 정책으로 이어지고 있다. 육아 휴직 급여가 소득의 80%까지 나오기 때문에 부모가 쉬면서 아이를 볼 수 있다는 것이다. 우리가 이상적이라고 말하는 것들을 실현하기 위한 고민이 무엇인지 보여주는 인터뷰였다.

처음부터 문제나 과제를 들이대면 사람들은 지치고 의욕이 사라지게 마련이다. 드리프트는 정확히 반대의 시각을 가진 잡지라는 생각이 들었다. 일상적인 것에서 출발해 가장 중요한 문제를 발견해내는, 고민되는 지점을 환기하는 방식으로 말이다. 게다가 도시마다 제각기 다른 삶의 모습을 '커피'라는 공통의 분모를 투영해 보여주는 것만으로 이미 충분히 소장할 가치가 있지 않을까. 단 한 가지 아쉬운 게 있다면 발

행된 드리프트 매거진 중에 1호(뉴욕), 2호(도쿄), 3호(하바나)
는 한국어판이 없고 4호(스톡홀름), 5호(멜버른), 6호(멕시코 시
티), 7호(샌프란시스코) 네 권만 한국어로 만날 수 있다는 점이
다. 다음 호로 예정된 8호 런던 편은 언제쯤 읽을 수 있을까.
영어를 공부하는 게 더 빠르지 않게 해 주세요.

NARAN'S PICK

드리프트 코리아 편집부 지음,
『드리프트 Drift Vol. 7: 샌프란시스코』, 아이비라인
심재범 지음, 『동경커피』, 디자인이음

이방인의 삶을 살고 있다면

나는 가본 적 없는 곳에 대한 무언의 동경을 가져본 적이 없다. 하지만 허수경 시인이 살았던 도시 『너 없이 걸었다』 속 독일의 뮌스터는 낯선 동시에 익숙한 공간의 기분을 안겨 주었다. 처음이지만 그곳이 도서관 혹은 서점일 때의 기분, 처음 보는 음식이지만 그 안에 내가 즐겨 먹던 재료들이 있다 는 걸 눈으로 확인했을 때의 기분 같은 것이다. 덧붙여 나는 새로 느끼는 이 기분에 '작가가 여행자로서 어느 도시를 방문 한 게 아니라 이방인으로서 도시를 걷고 쓴 이야기라는 점, 혹은 독일어를 번역한 한글이 아니라 한글로 쓰인 글, 시로 쓰인 에세이이기 때문에 이런 기분이 들었을 거야'와 같은 그 럴싸한 이유를 붙여 보기도 했다. 모든 기분에 계기를 만들어 주고 싶었다. 시인은 1992년 늦가을 독일로 떠났지만 책에서 그의 걷기가 시작된 건 가을이 아닌 여름이었다.

> 여름이라면 아직 독일의 저녁은 밝습니다. 이곳의 여름 저 녁은 놀라운 정도로 천천히 옵니다. 뭐 자동차를 빌릴 수 도 있고 당신이 원한다면 아주아주 오래 걸리더라도 자전 거를 타고 며칠씩 쉬엄쉬엄해서 올 수도 있겠지만 나는 기 차를 타고 오기를 권하고 싶습니다. 첫째는 직접 탈것을 몰지 않으니 편한 데다가 무엇보다도 기찻길이 아름답기 때문입니다. 유라시아 대륙을 가로질러 온 여행의 피곤함 속에서 당신은 앉아 있기만 하면 됩니다. 프랑크푸르트역 을 지나 마인츠와 코블렌츠, 그리고 쾰른을 지나는 이 길 은 라인강의 길이에요.
>
> - 허수경 지음, 『너 없이 걸었다』, 난다

여름의 저녁은 분명 겨울의 그것보다 천천히 온다. 시계 는 분명 6시 30분을 가리키고 있는데 하늘은 대낮처럼 밝은 날처럼. 그런 날이면 매일 걷던 동네가 좀 낯설게 느껴져 평 소에 없던 관심이 생긴다. 저 건물은 언제 생겼지, 전에 있던 그 가게는 왜 사라졌을까, 그때 내 옆에서 같이 걷던 그 사람은 어떻게 지낼까 하는 관심들. 시인은 언어를 통해 이런 관심이 본격화된 것 같았다. 그는 '독일어를 배운 지 10년이 넘어서야' 독일어로 쓰인 시들을 읽을 수 있게 되었다. 그리고 그때부터 '배낭에 시집을 넣고 수천 번도 더 걸었던 도시를 다시 걷기 시작했다'. 독일어로 쓰인 그 시들을 읽으면서, 그때부터 그가 사는 도시 뮌스터를 '드문드문 알아차리'게 되었다고. 그리고 동네의 곳곳을 걸으며 떠나온 그의 도시, 한국을 다시 생각하게 되었다고 말했다.

> 뮌스터를 걸으며 나는 내가 떠나온 나의 도시를 생각했다. 그곳에서도 어떤 이방인이 걸으며 시를 읽을까. 낯선 모든 것들을 익숙한 인간의 일로 돌려주는 시를 읽으며 걷는 자의 고독과 기쁨을 껴안을까.
> - 허수경 지음, 『너 없이 걸었다』, 난다

뮌스터는 인구 30만의 독일 노르트라인베스트팔렌주에 속한다. '그 가운데 학생의 숫자가 5만 명이 넘어 학생 도시'라고 말하는 이 도시에는 '푸른 반지'라 불리는 가로수길이 있다. 지도상으로 보면 '도시 중심가는 수줍게 푸른 반지를 끼고 있는 것처럼 보인다'고 하는데 무려 4.3㎞나 되는 산책

길과 자전거 길이 있다고. 다른 곳은 몰라도 푸른 반지는 걸어보고 싶다는 생각이 들었다. 그리고 그 길에서 빠져나오면 '시작되는 길 입구에 도시 박물관이 있'다. 시인은 박물관에 관해 자주 이야기한다. 고고학을 연구하는 학자답다 싶었는데 실은 덮어두기 위해 가는 거라고 한다.

> 네게로 가는 길을 잃어버렸을 때 역사를 바라본다는 건 휴식을 뜻할 수도 있다. 잃어버린 것을 찾으려고 기를 쓰면 진짜 잃어버린다. 그때는 잠시 덮어두는 것이 최고다. 무엇보다 도시 박물관의 입장료는 공짜이다. 경험하지 못한 시간들을 흔적만으로 바라보는 것은 내가 너를 찾으려고 했을 때 잃어버린 객관성을 잠시나마 돌려준다. 하지만 나는 너를 객관적으로 바라볼 수 있을까? 우리는 너무 가깝다. 밥을 나누어 먹었고 같이 울었고 그런데도 헤어졌다.
>
> – 허수경 지음, 『너 없이 걸었다』, 난다

시인은 '네게로 가는 길'의 '너'가 '단 하나의 대상'만은 아니라고 말한다. 그것은 '나일 수 있고 연인일 수도 있고 길일 수도 있고 오지 않을 것 같은 소망일 수도 있고 풀리지 않는 물음일 수도 있다'고. 늘 무언가를 향해 바삐 나아가느라 휴식하지 못하는 나의 모습, 내 주변 사람들의 모습이 떠올랐다. 바쁜 일상의 중심에 있지만 어디로 가고 있는 건지 가끔 헷갈릴 때가 있다. 그럴 때 시인처럼 박물관에 가보는 건 어떨까. 잘 찾아보면 우리에게도 무료 박물관이 있다. 서울시립미술관 상설전시, 용산 전쟁기념관, 서소문 서울역사박물관, 삼청동에 있는 몇몇 무료 전시관들. 그곳에 찾아가 지난 역사를 바라보며 나의 역사도 천천히 돌아보는 게 어쩌면 나를 잃지 않는 방법일지도 모른다.

처음엔 시인과 고고학을 사이에 두고 연결고리를 찾느라 한참 동안 물음표를 그렸다. 이제 보니 고고학은 시인에게 어울리는 학문, 시인의 과목이었다. 매일 걸어야만 하는 학문, 매일 같은 걸 보지만 매일 다르게 보는 학문, 인류가 남긴 과거를 들여다 보며 지금 삶의 의미를 발굴해내는 학문을 하는 사람으로서 시인만큼 적절한 사람이 있을까. 명예로운 일이란 건 바로 이런 일을 두고 하는 말이구나 싶었다. 내게 몇 번의 삶이 더 주어진다면 한 번은 그런 명예가 주어졌으면 하고 바란다. 고고학을 공부하는 시인으로 살다 간 허수경 시인처럼.

NARAN'S PICK
허수경 지음, 『너 없이 걸었다』, 난다

책과 술을 좋아한다면

〈술김에 책 읽는 여자 둘(일명 술책녀)〉 팟캐스트에는 '이 책과 어울리는 술은?'이라고 해서 그날 다루는 책과 어울리는 술을 소개하는 코너 속 코너가 있다. '안나 카레니나 편'에서는 소주와 보드카를, 레이먼드 카버의 단편 소설집 '풋내기들 편'에서는 폭탄주를 잘 어울리는 술로 소개했다. 작가의 출생지와 관련되거나 책에 나오는 술을 소개할 때도 있지만 폭탄주처럼 한국인의 정서가 듬뿍 담긴 술을 꺼낼 때도 있다. 그렇게 우리 역시 녹음이 끝나면 우리도 마시러 간다. 한번은 이 코너를 위해 김연수 작가의 북 토크에 갔다가 녹음기를 들이댄 적도 있다. 사인 줄 맨 끝에 서 있다가 우리 차례가 오자 래퍼의 속도로 〈술책녀〉 팟캐스트를 소개한 후에 작가에게 물었다.

"작가님, '나는 유령작가입니다'와 어울리는 술은 무엇일까요?"

"음… 빼갈…?"

덕분에 '나는 유령작가입니다 편'에서는 진짜 작가의 목소리로 어울리는 술을 추천할 수 있는 영광을 누렸고 그 방송을 녹음한 날 저녁, 우리는 신촌에 가서 빼갈을 마셨다. 이 코너의 취지는 그날 소개한 술을 그날 마시자는 것이다. 물론 때때로 양주나 보드카처럼 괴리감 있는 술을 소개할 때도 있어 보통은 싸고 맥주보다 덜 배부른 소주를 마신다.

팟캐스트 제목에도 '술'이 들어가고 코너에도 '술'이, 게다가 녹음 후에도 '술'을 마시러 가고…. 몇 줄의 글을 읽고 이 여자들 주당 아닌가 하는 생각이 들었다면 정답이라고 외칠 수밖에 없다. 다만 술을 무작정 많이 마시는 주당이 아니라 본래 사전적 의미처럼 술을 즐기고 마시는 무리라는 정의 안에서, 조금 더 세련된 표현을 곁들인다면 우리는 애주가다.

예전의 나는 술을 마시지 않았을 뿐 아니라 싫어하는 편이었다. 주량을 잘 모르던 대학 시절에는 주는 대로 받아 마시고 나면 다음 날이 문제였다. 겉으로 보기엔 멀쩡한데 머릿속은 유리 조각 파편이 여기저기 박힌 것처럼 아프고 숙취에 시달렸다. 그러고 나면 한참 동안 술을 피해 다녔다. 그때 피신한 곳이 도서관이었다. 입사 후에는 다른 이유에서 술을 꺼렸다. 많이 마시는 것은 둘째치고 자유롭지 않았기에 답답함이 있었다. '이번 달도 고생했고, 다음 달도 잘해보자' 같은 상사의 덕담이 끝나면 그때부터 회사의 문제, 팀의 문제 등 갖가지 문제들이 곳곳에서 속출하는데 막내인 내가 거기에 왈가왈부할 수 없었다. 그저 조용히 술잔에 물을 타 놓고 흘려들을 뿐이었다. 언제 도망갈지 기회를 노리며 기다리다 보면 옆에 있던 대리님이 귓속말이나 문자 메시지로 알려 줬다. '지금이야, 도망쳐!'

비단 술만의 경우가 아닐 것이다. 술과 비교가 되나 싶겠지만 공부, 운동, 독서도 강압이나 괴로움 속에서 시작해서는 친해질 수 없다. 좋아지기도 전에, 들여다보기도 전에 기피하게 된다. 가만히 두면 언젠가 한 번은 마주하게 된다. 도망가도 되지 않으면 먼저 다가가게 되어 있다.

술을 말하고 쓰고 마시는 게 일상인 방송이지만 제목에 술이 들어간 책을 소개한 적은 한 번뿐이다. 일본 드라마〈고독한 미식가〉의 원작을 그린 만화가 구스미 마사유키의 에세이『낮의 목욕탕과 술』이다. 만일 이 책과 함께 술을 시작했더라면 나는 어떻게 되었을까 상상해본다. 아마도 여행가가 되어 있지 않을까? 나 홀로 전 세계를 여행하며 그 나라의 술을 맛보고 사진을 찍거나 글을 써서 SNS에 공유했을 것 같다. 그리고 다시 한국에 돌아와서는 독립 드라마를 한 편 만드는 거다. 제목은 '책 읽는 애주가' 같은…. 무엇보다 이 책이 좋았던 건 서문이다. 실제로 낮에 목욕탕에서 맥주 한 잔 마시고 썼는지는 알 수 없지만 그렇지 않고서야 이렇게 맛있게 쓸 수 있을까 싶다.

> 아직 해가 떨어지지 않았을 때 마시는 술은 달다. 당연한 이야기지만 밤보다는 몸이 팔팔하기 때문이겠지.
> 몸도 마음도 원하는, 말하자면 승리의 나발을 부는 술이다. 사람들이 한창 일하는 시간에 마시니 어쩐지 겸연쩍기도 한데, 그런 느낌이 술을 더 맛있게 한다. (중략) 밤술은 말이 많다. 피곤하니까. 스트레스를 받았으니까. 지겨우니까. 마시자고 하니까. 또는 기분 좋은 일이 있으니까. 기념일이니까, 거기 술이 있으니까. 이른바 '까술'이 많다. 좋건 나쁘건 이유를 달고 마신다. 몸도 마음도 기대는 듯한, 어리광을 부리며 빠져버리는 듯한, 말하자면 이쪽에서 애당초 패배를 선언하고 들어가는 술이다. 그러다 결국 "취했으니까"라며 사람에게도 기댄다.
>
> – 구스미 마사유키 지음, 양억관 옮김, 『낮의 목욕탕과 술』, 지식여행

서점 신간 코너에서 이 대목을 읽으며 공감의 실소를 작게 터트렸다. 나는 그 책을 그대로 계산대로 가져갔다. 이 책에는 구스미가 갔던 열 곳의 목욕탕, 목욕 후에 간 열 곳의 술집이 등장한다. 현지인이 가는 목욕탕과 술집을 안다고 내가 그곳에 갈 확률은 낮지만 적어도 일본에서 술을 마실 때 어떤 메뉴를 곁들이면 좋을지는 알 수 있기에 이 책은 정보 면에서도 훌륭하다. 여행 팁을 얻을 수도 있다.

구스미가 뮤지션으로서 삿포로에 미니 투어를 하러 간 적이 있는데 그때 그도 새롭게 알게 된 몇 가지가 있었다. 삿포로는 6월에 가야 대자연을 감상하기 최적의 시기라는 것, 삿포로 시내에 목욕탕이 74곳이나 된다는 것, 목욕탕은 대체로 오후 2시나 되어야 연다는 것 등이다. 그리고 삿포로 생맥주에 감자 샐러드와 우엉조림을 먹으며 그는 이런 생각을 한다. '신나게 연주해서 땀을 빼고 힘차게 노래해서 목을 깡마르게 한 다음, 맥주를 들이 붓'자고. 그렇게 그는 오늘도 어느 목욕탕 앞 술집에서 맥주를 마시고 있을 것만 같다.

NARAN'S PICK

구스미 마사유키 지음, 양억관 옮김, 『낮의 목욕탕과 술』, 지식여행

여름 그리고 동물을 좋아한다면

아이스크림처럼 차가운 책, 아이스크림 책이 발명된다면 "맨 처음 책은 이 소년의 이야기로 만들어 주세요" 하고 싶다. 무더운 여름 어느 날 이제 막 냉장고에서 꺼내든 아이스크림처럼 시원한 여름 소년 이야기, 『여름엔 북극에 갑니다』.

소년은 여름이면 집으로 가는 하굣길 숲속에서 매미 울음소리를 쫓아다녔다. 잠자리채를 들고 조심조심 울고 있는 매미에게 접근해 울음을 그치기 전에 재빨리 낚아챈 다음 집게손가락과 엄지손가락으로 매미를 잡아 들어 셀로판지 같은 날개로 힘차게 날갯짓하는 모습을 바라본다. 짜릿하다. 다음 날 또 매미 울음소리를 쫓는다. 오늘의 짜릿함이 고파서.

어느 날 소년은 우연히 매미에 관한 책을 보게 되는데 거기에서 알게 된 새로운 사실. 숲에서 매일 잡은 매미가 고작 3천 2백여 종 중 하나라는 사실을 깨닫게 된다. 그해 여름, '찌르르 찍' 기름이 끓는 소리로 우는 유지매미를 찾아 도봉산으로, 말매미를 보기 위해 잠실로, 털매미를 보러 남양주까지 모험을 떠난다. 매미 찾아 서울 여행에 나선 여름 소년은 그해 키가 한 뼘 자랐고, 몇 해가 더 지나자 모험을 위해 허락된 땅도 더 넓어졌다. 무려 남극까지 가게 된 것이다.

여름 소년은 이제 여름 아저씨가 되었다. 이원영 아저씨. 그는 남극 세종기지에서 5천 쌍의 펭귄이 울어대는 펭귄 마을을 쫓아다니는 일을 한다. 그리고 2016년과 2017년에 북극곰이 있는 북동 그린란드 국립공원으로 여름 여행을 떠났다.

> 많은 사람이 온통 흰 눈으로 뒤덮인 풍경을 상상하지만, 북극에도 여름이 있다. 북극의 여름엔 낮 기온이 10도까지 오르고 하루 종일 태양이 떠 있다.
>
> - 이원영 지음, 『여름엔 북극에 갑니다』, 글항아리

여름 아저씨는 원주민도 거주한 적 없는 야생에 간다는 흥분에 한껏 들떴다. 한국인 최초로 가게 된 북극 그린란드에

는 한국인 네 명, 덴마크에서 온 두 화석 연구자를 포함해 여섯 명의 과학자가 한 비행기를 타게 된다. 모두 숲에서 길을 잃었을 것 같은 소년들이 어느새 과학자가 되었다는 듯이. 그들은 만나면 이런 질문을 한다. "무슨 연구를 하세요?" 깃털 색 하나로 저녁 자리를 내내 이어갈 수 있는 사람들이다.

> 저녁 식사를 하면서 내가 재밌게 읽었던 공룡 깃털 색에 대한 논문 얘길 꺼냈더니 야콥이 반가워한다. "읽어봤구나! 그거 내가 쓴 논문이야. 중국에서 발견된 화석을 분석해봤더니 머리와 뺨엔 오렌지색 깃털, 날개와 다리엔 희고 검은 깃털이 덮여 있더라고. 영화 〈쥐라기 공원〉의 공룡 묘사에는 틀린 점이 많아. 깃털 달린 공룡들을 등장시켜서 영화를 다시 만들어야 한다고." 나는 스티븐 스필버그가 이 얘길 들어야 한다며 맞장구를 쳤다.
>
> - 이원영 지음, 『여름엔 북극에 갑니다』, 글항아리

이번 탐사의 목적은 동물이 아닌 화석을 찾는 일이었지만 여름 아저씨는 습성을 버리지 못하고 살아 있는 것에 자꾸 눈길을 준다. 북극토끼, 회색늑대와 사향소, 북극 버들 잎, 그리고 북극에서도 꽃을 피우는 자줏빛 꽃잎과 더 진한 꽃받침이 달린 각시분홍바늘꽃, 하얀 털이 둥글게 난 북극황새풀 같은.

165

그중에 가장 많이 등장하는 건 단연 긴꼬리도둑갈매기다. 긴
꼬리도둑갈매기는 이름에서 이야기해 주듯 다른 동물의 먹
이를 훔쳐 먹는 습성에서 붙여진 이름이다. 주로 갈매기 같은
새들을 쫓아서 부리에 물고 있는 물고기를 빼앗거나 토하게
만들어 훔쳐 먹는다고 한다.

> 긴꼬리도둑갈매기는 아프리카와 아메리카 대륙의 남쪽 끝
> 까지 먼 거리를 이동해야 하기 때문에, 비행 연습을 게을
> 리하면 안 된다. 날개를 퍼덕이며 장거리 이동에 맞는 근
> 육을 단련시켜야 하고, 스스로 먹이를 찾는 연습도 해야
> 한다. 긴꼬리도둑갈매기는 한번 이동을 시작하면 그린란
> 드에서 서아프리카까지 불과 3~5주 만에 1만 킬로미터 정
> 도를 움직이는데, 밤낮으로 하루 900킬로미터를 난다. 사
> 실상 1년 중 10개월 정도는 그린란드를 떠나 있는데, 대부
> 분 육지로부터 멀리 떨어진 바다에서 생활하기 때문에 이
> 들의 삶에 대해서는 알려지지 않은 부분이 많다.
>
> – 이원영 지음, 『여름엔 북극에 갑니다』, 글항아리

그는 살아 있는 동식물에 비해 유독 새를 그냥 지나치지
못한다. 아마도 그가 대학원에서 연구한 게 다름 아닌 까치였
기 때문일 것이다. 그는 둥지에 올라가서 알과 새끼를 조사하

고 내려오곤 했는데 그다음부터 까치의 둥지 근처에만 가면 까치들이 그를 공격했다고 한다. 친구에게 자신의 옷을 입혀 둥지 근처를 지나가게 했는데 까치들이 공격하지 않자 자신의 얼굴이나 걷는 모양새를 구분할 수 있다고 생각하게 되었다. 저 얼굴, 저 걸음걸이는 위험한 것. 만일 먹이를 가져다주었다면 반대로 기억했겠지? 북극에 다녀온 것도 아닌데 이제는 나도 그들이 걱정스럽다. 여름은 여름이라서, 겨울은 겨울이라서 힘들 그 동물 친구들. 잘 버티고 있을까?

NARAN'S PICK

이원영 지음, 『여름엔 북극에 갑니다』, 글항아리

존재를 확인하고 싶을 때

나에게는 두 명의 엄마가 있다. 나를 낳고, 기르고, 지금도 매일 전화기를 붙잡고 나의 안부를 묻는 엄마. 반대로 내가 먼저 찾고, 소식을 궁금해하고, 가끔은 되레 나 자신의 안부를 확인하게 해주는 엄마. 마음이 궂은 날이면 책장에서 꺼내 드는 엄마.

엄마가 두 명 있었으면, 하고 바란 적은 없다. 그냥 어느 시기부터 나는 (후자인) 그를 '공 엄마'라고 부르기 시작했다. 한겨레 칼럼 연재물「딸에게 주는 레시피」를 구독하면서부터였던 것 같다. 자존심이 깎이는 날 먹는 안심 스테이크, 세상이 개떡같이 보일 때 먹는 콩나물해장국, 너를 낳고 홍콩에서 먹은 더운 양상추와 같이 일주일에 하나씩 이야기와 레시피를 알려줬다. 엄마라면 해줄 수 있는 이야기이지만 엄마의 말이라서 딸의 귀에는 잘 들어오지 않는 말들. 가령 나만 혼자인 것처럼 느껴지는 날, 벚꽃 피고 화창한 봄날에 불러주는 사람 하나 없이 나만 집에 있는 것처럼 느껴지는 날, 공 엄마는 천연 라벤더 에센셜 오일을 넣어 만든 향초를 켜라고 말한다.

그의 말처럼 라벤더는 진정 작용을 한다. 그렇다면 우울한데 왜 진정을 해야 하는가. 공 엄마는 '우울한데 무슨 진정이냐고? 우울하면 기분이 가라앉는 듯하지만 실은 우울이라는 느낌 자체가 분노의 억압'이라고 말하며 레시피에 정당성을 부여한다. 덧붙여 '엄마가 늘 말하지만 중요한 것은 우선 몸을 돌보는 거야'라는 다정한 말, '꿀바나나를 먹어보자'며 '바나나, 버터, 꿀, 그리고 계핏가루 약간'을 준비하라는 구체적인 행동요령까지 제시한다. 나보다 더 나서서 내 몸을 챙겨주는 사람이 생긴 것 같아 든든했다. 만일 그런 사람이 주변에 있다면 그게 누구든 기대고 싶어진다는 내면의 목소리 역시 공 엄마 덕분에 알게 되었다.

그전까지는 그가 나에게 어떤 사람인지를 두고 많이 의심했다. 종이 위에 새겨진 글자들을 따라가다 보면 나를 이끌어주는 엄마 같다가도, 그의 SNS 발언이 뉴스를 통해 세상에

드러날 때면 나와 다른 세계의 사람인 것 같았다.

그러다 위녕이라는 이름으로 그의 작품에 등장한 그의 딸이 나와 비슷한 나이라는 걸 알게 되었다. 2007년에 발표한 장편소설 『즐거운 나의 집』에서 위녕은 열여덟 살로 나오는데 얼추 또래였다. 그에 감정이입을 했던 걸까, 그때부터 자연스레 공 엄마는 나에게 언니도, 이모도, 다른 세계 사람도 아닌 엄마 같은 사람으로 다가왔다(비슷한 맥락에서 소설가 박완서를 우리 할머니처럼 여길 때가 있다). 그를 공 엄마라고 부르는 것은 엄마만큼 내 성장의 어느 한 부분을 담당했기 때문이리라.

엄마는 내가 사람이 될 수 있을 때까지 나를 품어주던 사람이다. 남에게 피해를 끼치지 않고 어른이 되기를 소망하며, 착하고 바르게 살기를 말로 때로는 행동으로 세뇌하는 사람. 아빠와 다르게 엄마는 내 엄마라는 이유로 평생 나를 걱정하며 때로는 괴롭힐 것이다(엄마가 괴롭히는 역할이라면 아빠는 대체로 사랑만 주는 역할을 맡고 있다). 결과적으로 이 모든 과정을 통해 나는 끊임없이 내 존재를 확인한다. 그러니까 엄마란 위대한 사람, 슈퍼우먼이 아니라 다른 누구보다 내가 나라는 사실을, 내 존재를 확인할 수 있게 해주는 사람이다(그런 면에서 아빠도 슈퍼맨이 아니다). 아마 나에게 엄마가 그런 사람인 것처럼 엄마의 엄마도 엄마에게 그런 사람이었겠지? 엄마는 외할머니가 돌아가시고 몇 년 동안 매일 영혼이 빠져나간 사람처럼 굴었고 늘 울었다. 당신 존재의 이유 하나가 사라졌다고 생각하면 엄마의 그 시간에 수긍이 간다. 생각만으로도 눈물이 고인다.

『무소의 뿔처럼 혼자서 가라』를 시작으로 『높고 푸른 사다리』, 『상처 없는 영혼』, 『즐거운 나의 집』, 『네가 어떤 삶을 살든 나는 너를 응원할 것이다』, 『사랑은 상처를 허락하는 것이다』, 『도가니』, 『딸에게 주는 레시피』에 이르기까지 장르를 가리긴 했지만 20대 땐 꾸준히 공 엄마의 책을 읽었다. 몇몇 순간에는 그가 들려주는 삶의 레시피를 나의 생활에 적용하며 내 존재를 확인하기도 했다.

무엇보다 그는 나에게 선택이 가지는 힘을 알게 해준 사람이었다. 『무소의 뿔처럼 혼자서 가라』를 읽고 여성이라는 차이로 인해 생기는 어려움, 힘듦, 사회에서 받는 차별이 있음을 깨달았다. 나아가 사회생활을 함에 있어 내가 여자라는 편견을 깨고 부단히 나아갈 것인지, 어느 순간 그 자리에 머물러 안정과 안녕을 추구할 것인지에 대한 선택을 처음 고민하게 되었다. 예전에는 같은 교육을 받고 같은 무리 안에서 같은 밥을 먹으며 생활하는 남녀가 왜 사회라는 무대에 발을 내딛는 순간에는 다른 역할을 가지고 다른 평가를 받으며 다른 책임감을 지면서 살게 되는지 몰랐다. 문제의식을 크게 느끼지 못했던 것이 더 맞겠다.

그의 책을 읽고 선택을 하게 되면서, 의식적이든 무의식

적이든 어떠한 기로에 놓이면 머무르기보다는 나아가는 쪽을 선택해 왔다. 그렇게 나는 지금 여기에 서 있다. '여기'라는 게 어디인지는 정확히 알 수 없다. 다만 독립이란 단어는 꿈도 꾸지 않았던 나를, 지방의 어느 은행 창구에 머물 수도 있었던 나를, 버는 만큼 혹은 그 이상 쓰는 사람이 될 수도 있었던 나를, 부모 옆을 떠나지 못하고 전전긍긍하며 지냈을지 모르는 나를 그 자리에 머물지 않도록 한 것이 '여기'라는 말의 대체어가 될 수도 있겠다.

여기까지 내가 오는 데는 그녀가 알려준 선택의 힘, 선택 후 스스로 책임져야 하는 그 책임감의 무게가 무엇보다 컸다. 그는 엄마가 해 온 것처럼 내 성장의 어느 부분을 담당했다. 20대의 나에게는 엄마가 둘이었다.

NARAN'S PICK
공지영 지음, 『딸에게 주는 레시피』, 한겨레출판
공지영 지음, 『무소의 뿔처럼 혼자서 가라』, 해냄

3장

좋아하는 것을
좋아하는 일

좋아하는 일의 가성비

밤의 합정동을 좋아한다. 정확히 콕 짚으면 합정역에서 망원역으로 가는 일대에 즐비한 카페들, 알코올을 동반한 음식점들이 있는 풍경이다. 홍대의 거리와는 지하철로 한 정거장, 버스로 두 정거장이지만 인구와 교통의 소통을 따지면 비교가 무색할 정도로 원활한 편인 데다가 언제든 드나들 수 있는 대형 서점과 중고 서점이 길 하나를 사이에 두고 몇 년이 지나도록 꿋꿋이 버텨주고 있다.

그렇다면 낮에는 신촌이 좋다. 이대역에서 신촌역 방향으로 조금만 내려가면 영화관이 있다. 그곳에서는 아트 시네마를 테마로 독립 영화들이 대부분 상영된다. 평온한 낮에 한가로이 영화를 볼 수 있는 곳이 있다는 점, 영화관에서 눈물 콧물 짜고 나오자마자 100미터 직진하면 대낮에도 즐길 수 있는 주막이 있다는 게 그 동네의 매력이다. 이 주막으로 말할 것 같으면 감자튀김 하나를 주문하면 도토리묵과 즉석 라면, 콘 치즈가 함께 나와 더할 나위 없는 가성비를 자랑하는 곳이다. 주인 아주머니는 20대의 상징 같은 이 거리에 가게를 차리면서 '20대에는 많이 먹어야 해'와 같은 신념을 가졌던 걸까. Since 1990이라고 적힌 간판을 보니 그 시절부터 고이 간식해온 전통 같은 것일 수도 있겠다.

우연히 들어갔다가 가성비가 좋아서 단골이 된 그 주막처럼 일상생활 대부분은 우연히 시작되어 가성비를 기준으로 지속되거나 제거되고 있다. '여기 가성비 맛집이래', '오늘 산 티셔츠 가성비 훌륭한 듯', 가전제품을 살 때도, 비행기 티켓을 끊을 때도 가성비 가성비. 입버릇처럼 그 말을 쓰고 있다. 따지지 않으면 손해라는 생각이 언제 굴러들어왔는지 머릿속에 박혀 있다.

그런 가운데 몇 해 전 가성비를 따지지 않고 사는 사람들의 세계를 발견했다. 얼핏 보기에도 손해를 보며 창작하는 것 같은 이 사람들은 동네 서점 혹은 독립 서점이라고 불리는 곳에 모여 있다. 그곳에 있는 책들은 대부분 저자가 직접 쓰고 제작해서 가져다 놓은 것들이다. 여느 출판사에서 출간하는 책처럼 어떤 뚜렷한 의도를 가지고 편집하거나 세세한 디자인을 거치지 않은 날것의 글, 그림, 사진 기록물들이 주를 이룬다. 기성 출판물과 구분하는 의미로 독립 출판물이라 불리는 책들이다.

독립 출판이라는 말은 최근 몇 년 사이에 떠오른 것 같지만 자신이 쓴 글을 책으로 엮어 팔았던 사람들은 과거에도 있었다. 한동안 베개 밑에 두고 자던 책『불안의 서』의 저자이자 포르투갈 시인 페르난두 페소아도 그중 한 명이다. 그는 출판사에서 자신의 원고를 몇 번 거절하자 직접 독립 잡지『오르페우』를 만들어 문학 활동을 한다. 짧은 기간이었지만 이 잡지는 포르투갈에 모더니즘 문학이란 무엇인가를 소개하는 데 기여하게 된다. 이후에 그 잡지는 포르투갈 모더니즘 문학 그 자체를 설명하는 데 빠지지 않고 등장하게 된다.

신문물에 혹해 꾸준히 독립 서점을 기웃거리던 나는 직접 책을 만들고 유통하는 작가들을 보면서 저건 무조건 손해일 것 같은데, 정말 손해일까 생각했다. 그들의 세계에 한 번 들어가 보고 싶었던 나는 손해인지 아닌지 한 번 해보자 마음을 먹고 책을 직접 만들기로 했다. 마침 준비하던 출판이 어그러져 책상 위에 쓸쓸히 놓인 원고 한 뭉치가 있고, 의자에는 거북 목을 내민 여자 하나가 무직 상태로 앉아 있다. 바로 나다.

다행히 몇 년간 사회생활을 하며 생긴 일 근육이 어디 안 가고 잘 붙어 있었다. 그 덕에 할 수 있을까 하는 두려움은 거의 없었다. 사회생활이라는 스트레스에서 얻는 몇 안 되는 장점 중 하나를 꼽으라면 나는 이걸 꼽겠다. 무슨 일 앞에서도 당황하지 않는 자세. '그까이꺼 뭐' 하며 일단 사고를 치고 보는 배짱을.

일사천리로 진행된 책 만들기는 인쇄까지 2개월, 전부 유통하는 데까지 4개월 걸렸다. 책을 만드는 데 필요한 기술, 편집 디자인은 단기 속성 과외를 받았다. 처음에는 학원을 알아보다가 적어도 두세 달 걸리는 커리큘럼이라 포기하고 1:1로 배울 수 있는 과외 선생님을 찾았다. 마침 아는 분이 일러스트 과외를 받고 있다고 해서 북 디자이너 흙 선생님(그렇게 불러 달라고 했다)을 소개받았다. 10년 넘게 출판사에서 북 디자인을 하다가 지금은 프리랜서로 전향해 1:1 또는 그룹 과외 형식으로 수업을 하고 있다고 했다.

표지에 들어갈 일러스트는 친구에게 부탁했다. 인쇄는 을지로 인쇄소를 발품 팔아 쏘다니던 중에 아빠 같은 사장님을 만난 덕분에 나름 합리적인 가격에 500부를 찍었다. 쪽수는 192쪽, 한 권에 1만 1천 원이라는 가격을 매겼다. 전국의 독립서점 중 20곳과 거래를 트고, 요청한 수량에 따라 5권, 10권, 20권씩 우체국 택배를 보냈다. 재고가 없다고 하면 보내고,

178

또 보내고. 우체국 택배가 이렇게 비싼 줄 그때 알았다. 회사 다닐 적에는 법인 카드로 결제해서 그런가? 내 돈이 이렇게 소중했다니…. 책 판매 대금은 대부분 입금받았지만 50권 정도는 아직 회수가 안 된 것 같다. 엑셀로 장부를 쓰다가 지금은 잊어버렸다. 가끔 명분 없는 입금 목록을 확인할 때면 내 책을 산 500명 중의 한 명이겠구나 생각한다. 며칠 전에는 서점 한 곳에서 1만 얼마가 입금된 걸 보고는 연금 받는 사람처럼 기뻐했다. 노동의 대가로 매달 받는 월급과는 다른 기분이다. 액수는 다르지만 가수 장범준이 매년 봄 벚꽃 연금을 받을 때의 기분에 더 가까울 것 같다.

예전에 샐러드 가게를 하는 친구에게 재료 원가 비율을 얼마로 하는 게 적정한지 물어본 적이 있다. 친구는 20%에 맞추려고 노력하는데 절대 25%는 넘지 않아야 한다는 기준을 가지고 있었다. 그래야 임대료도 내고, 배달원 월급도 주고 전단도 인쇄하고 가끔 손님들에게 서비스도 줄 수 있다는 것이다(그 샐러드 가게는 여의도에서 가성비 좋다고 소문난 곳이었다). 그에 비해 내가 만든 책은 인쇄비만 책값의 50% 가까이 들었다. 서점 판매 수수료, 책 보관비, 택배비까지 더하면 사실상 책을 다 팔아도 제자리거나 마이너스다. 가성비를 떠나 수지가 아예 맞지 않는 세계라는 걸 알았다. 하지만 정말 그런 것일까.

가성비는 효용의 영역이다. 물건을 사거나 서비스를 경험하고서 만족 혹은 보람을 느끼거나 기쁘면 충족된 것이다. 그런 면에서 나는 신기한 체험을 했다. 돈은 돈대로, 체력은 체력대로, 시간은 시간대로 다 썼는데 분명 다시 하고 싶은 생각이 들면 안 되는 데 한 번 책을 만들고 나니까 이성적 사고를 하지 못하게 되었달까. 다음에는 무슨 주제로 만들어 볼까. 50부, 100부만 만들 방법은 없을까. 집에 프린터를 하나 사서 한 장 한 장 출력할까. 하는 지극히 허황되고 다분히 비경제적인 생각들이 끊임없이 말을 걸어온다. 책 500부로 보이지 않는 소통을 하고 있을 사람들을 떠올리면 가슴이 뭉클해진다. 반대로 뒤늦게 발견한 오탈자는 볼 때마다 가슴이 쓰리다. 다행히 아직 교환해 달라는 연락은 없었다. 100% 만족스럽진 않지만 보람 있다. 다음을 기대하고 있다는 건 적어도 슬픔보다는 기쁨에 가까울 테니 그렇다면 책 만들기는 가성비 꽝이 아닌 어느 정도 괜찮은 투자 활동이 될 수 있지 않을까.

'나 지금 이거 왜 하고 있지?' 빌어먹지도 못하는 이걸 왜 하고 싶은 거지. 갸우뚱하고 있다면 가성비를 한 번 따져보는 것도 좋겠다. 만족이나 보람, 기쁨 따위를 쥐여주는 일이라면 그건 가성비가 꽤 좋은 일이 맞다.

오늘, 내일, 모레 정도의 삶

크라우드 펀딩을 통해 책을 사는 횟수가 늘었다. 크라우드 펀딩이란, 창작자의 아이디어 실현을 위해 참여자가 금액을 지불하고 리워드를 받는 소비 활동이다. 내가 참여하면 의미 있는 무언가가 세상에 나올 수 있다는 생각만으로 설렐 수 있는 만큼 소비를 고민하는 시간도 단축된다. 가끔 제목만 보고 펀딩을 할 때도 있는데 이 책이 꼭 그랬다. 잡지『빅이슈(BIG ISSUE)』판매원이 쓴 에세이로, 제목부터 내 마음을 분명하게 울리는 책『오늘, 내일, 모레 정도의 삶』이다.

내 안에는 인간을 불쌍히 여기는, 또 인간을 전부 휴머니스트로 보려는 성향이 있다. 그럴싸하게 꾸며내면 그렇구나, 믿어버리는 평범함이 깊이 박혀 있다는 걸 이 책을 읽으며 깨달았다. 책을 읽는 건 내 안에 숨은 나를 마주하는 일이다. 습관적으로 읽는 사람일수록 잊어버리기 쉽지만, 다행스러운 점은 그런 사람에게도 한 번씩 뒤통수치는 한 권이 나타난다는 것이다. 죽을 때까지 다 못 읽을 책들인데도 항상 무언가를 읽을 수밖에 없는 이유다.

저자는 보육원에서 자라 IMF를 기점으로 노숙자가 되었다. 서울과 성남을 오가며 18년 홈리스로, 최근 6년은 『빅이슈』 판매원(이하 '빅판')으로 지내고 있다. 젊은 시절 조각 공장에서 일하며 조각가의 꿈을 잠시 품었지만 밥벌이를 잃어버리면서 그 꿈도 잃어버렸다. 지금은 다시 그 희망으로 빅판을 발판 삼아 하루하루를 보내고 있고 그런 그의 이야기를 모아 책으로 출간했다(직접 썼다). 절망 속에서 피어나는 희망에 관한 이야기이구나, 소설 같다, 하며 읽고 있는데… 그건 아니지, 하며 그가 말했다.

"삶을 버리고 가방 하나 멘 홈리스로 전국을 다니는 사람에게서 휴머니즘을 찾으려 한다면 마치 고양이와 쥐를 한곳에 가두고 사이좋게 지내길 바라는 것처럼 우매하다."

그는 인간적이기를 거부했다. 추천사를 쓴 사회학자이자 『세상 물정의 사회학』 저자 노명우는 '인간의 모습을 발견하는, 인간 감각을 통한 세상 관찰이 무엇인지 일깨워주는' 이 책을 읽고 추천사가 아닌 반성문을 쓰게 되었다고 고백한다. 인간이기를 거부한 사람이 인간 감각을 총동원해 세상에 내던져진 인간을 이야기한다. 페이지가 줄어들수록 나는 반복적으로 등장하는 단어들에 무감각해지는 세포들에 날을 세우려고 애썼다. 그가 공사장에서 죽음의 위기를 마주했을 때 했던 생각 '떨어지는 3초 정도의 시간이 하루처럼 느껴지며 살아온 생이 다큐멘터리 필름처럼 지나갔고 그 끝에서 나는 갈구하며 절로 기도하였다. 이대로는 죽고 싶지 않습니다. 정말로 살고 싶습니다'를 읽고는 『나는 매주 시체를 보러 갑니다』에서 법의학자가 들려준 이야기의 한 부분이 생각나기도 했다. '죽음에 대해서 오랫동안 생각해 왔고, 자기가 죽으면 모든 것이 해결되리라 생각해서 실제로 실행했는데, 막상 죽으려는 순간에는 살고 싶었다고 말이다.'

내용의 짜임, 글의 촘촘함보다는 눈에 그려지듯 생생한 이야기와 중간중간 직접 그린 그림을 보는 재미가 있어 230여 페이지의 한 권을 읽는 데 두 시간이 채 걸리지 않았다. 읽는 내내 '왜 사는가, 왜 죽지 않고 사는가'와 같은 질문을 스스로 던지며 숨은 답들을 찾아 헤맸다. 인간이 죽지 않고 살아있는 건 현재에 대한 만족이나 내일에 대한 기대감, 어떤 희망 때문이 아니라 그냥 죽고 싶지 않기 때문일 것이다. 절망적인 세계이지만 그래도 죽고 싶지는 않다. 내일 숨을 쉬기 위해 오늘 힘겹고 고된 노동에 몸은 천근만근이지만, 그 이후에 보상이 달콤한 것도 아니지만 그래도 죽고 싶진 않다. 만족이나 기대감, 희망 같은 건 '죽고 싶지 않아서 산다'는 애매와 허무를 견디지 못하는 사람들이 만들어낸 허상일 수 있다.

내 안에 숨어 있던 답이다. 허상을 좇으며 살고 싶진 않은 데…. 여하튼 그렇게 나는 이제껏 드러나지 않고 숨어있던 나의 의식을 마주하게 되었다. 나의 내면과 만나는 순간이 이어지기 때문에라도 책 읽기는 멈춰지지 않는다. 그리고 233명. 나 말고 이 책에 펀딩한 그들은 과연 어떻게 이 책을 읽었을까. 명확하게 233명의 후기를 궁금해할 수 있는 것도 어쩌면 크라우드 펀딩의 매력이라고 할 수 있겠다.

떡볶이를 지키는 사람들

일주일에 한 번은 떡볶이를 먹는다. 외출하는 날은 주로 길에서 사 먹고 집에 있는 날에는 배달 주문해서 먹거나 직접 해 먹기도 한다. 어릴 때 엄마가 떡국용 떡으로 해준 떡볶이까지 합치면 인생에 7분의 1은 떡볶이를 먹은 셈이다. 동생을 포함해 주변 친구들도 나와 비슷한 빈도로 떡볶이를 먹었고 지금도 먹고 있다. 그렇다. 떡볶이는 모두가 좋아하는 간식이다.

여기에서 중요한 단어는 '모두가 좋아하는'이다. 아주 중요한 것이다. 왜냐하면 떡볶이 가게가 망하지 않도록 지켜주기 때문이다. 굳이 신당동 떡볶이 골목까지 가지 않아도 5년,

10년 넘게 자리를 지키는 떡볶이 가게가 동네에 하나쯤은 있을 것이다. 그 가게가 사라지지 않는 건 나와 당신 모두가 지켜 주었기 때문이다.

여행을 떠났던 로마에서도 모두가 좋아하는 공간을 보았다. 트레비 분수에서 스페인 광장으로 가는 길이었다. 2차선 도로 양옆으로는 명품 브랜드 매장들이 빈틈없이 자리를 차지하고 있었다. 도로에 사람이 많긴 했지만 내 눈에는 로고 박힌 물건들이 거리를 점령한 것처럼 보였다. 어서 빨리 혼잡한 이 골목을 탈출하자는 심정으로 경보하듯 걷고 있었는데 그때 길 건너편 유리창에 큼지막하게 쓰여 있는 글씨가 눈에 들어왔다. 'SINCE 1760 GRECO'. 길을 건너서 가게 안을 보니 커피와 디저트를 팔고 있었다. 명품 매장 거리 사이에 커피숍이라니. 그 카페는 초현실주의 화가 조르조 데 키리코 및 여러 예술인이 자주 드나들었을 뿐만 아니라 건물 2층에는 동화작가 안데르센이 살기도 했다고 한다. 모두가 좋아한 곳이었다. 1953년, 그곳은 로마시로부터 특별 유산으로 지정되어 지금도 그 자리를 지킬 수 있게 되었다.

이제 드디어 '모두가 좋아해서 같이 지켜준' 서점을 소개할 차례다. 이번에는 런던이다. 나의 첫 유럽 여행지이기도 했던 런던. 그곳을 방문한 목적은 단지 서점과 박물관 때문이었다. 돈트북스, 포일스, 노팅힐북숍 같은 유명한 서점도 좋앉지만 그중 최고는 우연히 들어간 동네 서점이었다.

그날은 런던의 청담동이라고 할 수 있는 첼시 지역에 있는 현대 미술관인 사치 갤러리에 가기로 했다. 버스를 타고 동네에 내렸는데 세상에… 지구상 모든 여유는 전부 이곳 공기를 타고 뿌려진 게 아닐까 싶을 만큼 평화로웠다. 햇빛 속에 걸어 다니는 사람들, 뚜껑 열고 달리는 차 안에 사람들 얼굴을 보면서 이곳은 시간이 1.2배는 천천히 흐르는 것 같다는 말을 내뱉기도 했다. 덕분에 갤러리는 뒷전, 따뜻한 햇볕이 쏟아지는 동네를 무작정 걸어 다니기로 했다. 이런 부자 동네에 서점이 있을까 하며 걷던 찰나, 눈앞에 'BOOKS'라고 쓰인 간판이 보였다.

풀 네임은 존 샌도 북스(John Sandoe books). 문을 열고 들어가자 바깥에서 보던 것보다 책이 훨씬 많았다. 가게를 뒤덮은 수준이었다. 2층으로 올라가는 나선형 나무 계단에서는 삐거덕삐거덕 소리가 났는데 자칫하면 책에 파묻힐 수도 있겠다는 생각이 들 정도였다. 건물 상태를 보아 오래된 곳인 것 같아 점원에게 물어보니 서점이 생긴 건 1975년부터라고 말했다. 절판되었을 것 같이 보이는 옛날 표지의 책이 많았다. 한쪽에 무라카미 하루키의 첫 소설, 첫 산문집이 함께 놓여 있는 것이 인상적이었다. 주제별로 큐레이션을 한 것은 물론, 동네 손님과 점원이 다정하게 책 이야기를 나누는 모습도 볼 수 있었다.

한 매체의 조사에 의하면 최근 3년 사이 한국의 독립(동네) 서점이 크게 늘었다고 한다. 3년 전에는 100곳 남짓이었다가 300곳 이상으로 늘어났다는 것이다. 후드득후드득 불현듯 마른하늘에 소나기가 내리는 것처럼 독립 서점도 급작스럽게 생겨났다. 나는 이 후드득거리는 신호를 '우리가 살고 싶은 지구의 모양이 바뀌고 있구나'라고 받아들이고 있다. 떡볶이를 먹는 것처럼 일주일에 한 페이지씩만 무엇이든 읽는다면 새로운 지구를 만들어 가는 작은 서점들을 지켜줄 수 있지 않을까. 떡볶이를 지킨 민족성을 발휘한다면.

소설 한 편이 움직이는 사회

2016년 맨부커 인터내셔널상을 수상한 한강 작가의 소설 『채식주의자』. '한국 최초'라는 수식어와 '들어 본 적 없으나 권위 있는 상으로 보이는 타이틀' 덕분일까, 2007년 이 소설이 출간된 직후부터 9년간 6만 부가 팔린 것에 비해 2016년 한 해에만 60만 부가 더 팔렸다고 한다. 6만과 60만. 이 숫자를 체감하는 방법으로 2018년 인구 통계를 찾아보았다. 먼저 60만이라는 숫자는 서울시 송파구(66만), 강서구(60만), 전북 전주시(65만), 충남 천안시(63만)의 인구와 비슷하다. 제주도 제주시(47만)와 서귀포시(17만)를 합친 인구와도 비슷한 숫자다. 6만은 경기도 가평군(6.2만), 충남 태안군(6.4만), 경남 거창군(6.3만)의 인구와 비슷하다. 상 하나로 군에서 구 또는 시로 승격 가능한 수준이 되었다.

　'숫자는 단지 숫자에 불과하다.' 적어도 소설 분야에서는 통하지 않는 말이다. 더 많은 사람이 더 많은 소설을 읽는 일은 더 많은 사람이 변하는 일, 더 많은 사회가 변화하는 일이기 때문이다. 소설은 지식을 전달하는 글쓰기와는 방식이 다르다. 이야기를 들려줌으로써 시대의 문제를 피부로 직접 느끼게 만든다. 내가 겪지 않은 일에 진심으로 아플 수 있을 때 우리 사회는 더 많은 배려와 공감이 생겨난다. 뉴스를 보는 게 겁날 만큼 매일 안타까운 사건들이 일어난다. 타인을 죽일 만큼 사람을 미워하는 사람들과 스스로 죽음을 택할 만큼 자신을 비관하는 사람들. 마음을 울리는 글 한 편이 사람들의 생각을 바꾸고 사회를 변화하게 한다면 『채식주의자』가 이뤄낸 숫자는 단순히 숫자로만 볼 수 없다.

　이런 책들을 독자에게 소개할 수 있는 내 일의 가치 역시 숫자로 추산하기 어렵지 않을까 생각해본다. 내가 추천한 한 권의 책이, 혹은 내가 소개하는 책을 읽은 한 사람의 날갯짓이 세상에 어떤 변화를 가져올지는 아무도 알 수 없으니까. 세상에는 수학으로 설명할 수 없는 일들도 많다.

나에게 가장 좋은 것

나지막한 빌라의 가동 아닌 나동, 1층보다 높은 201호에 살았다. 500원이면 무엇이든 살 수 있었고, 허리 높이의 담장 위를 자유자재로 걷고 뛰어다니며 작은 몸으로 세상을 내려다보던 무서운 것 없는 일곱 살. 비 오는 날이면 달팽이와 숨바꼭질 할 양으로 나뭇잎 사이를 죄다 들추고 다니며 까르르 웃기도 했던 때였다. 화목했던 어린 시절의 기억은 심장 근처에서 떠날 줄을 모른다. 지금도 길을 걷다 낮은 건물과 담장, 베란다에 내놓은 초록색 잎의 화분들을 볼 때면 호흡이 천천히 느려진다.

오랜만에 그 시절의 나를 만난 날이다. 연남동이라고 부르려 했더니 가는 길목마다 '성미산로'라는 도로명 표지판이 가득한 곳이었다. 중국집, 고깃집이 줄지어 있는 길에서 조금 더 안쪽으로 들어가면 빌라와 나무들, 시냇물과 주택가가 있는 길이 나온다. 때마침 따뜻한 햇볕이 얼굴에 비추었고 빛이 난 그 길을 하릴없이 걸었다.

실은 자주 이렇게 빛을 맞으며 걷곤 한다. 그 따스함에 몸을 맡긴다. 누군가가 나에게 말해주었다. 매일 차를 타고 다니는 사람들, 오후 시간에 사무실에 갇혀 지내는 사람일수록 우울한 기분에 쉽게 휩싸이는 이유가 빛을 보지 않기 때문이라고. 나도 한동안 그렇게 지냈다. 밖에서 점심을 먹는 게 귀찮아 나가지도 않고 형광등 아래 모니터 앞에서 거북이처럼 지냈다. 알게 모르게 나는 괴팍해졌을 테고 주변 사람들은 조심스레 나를 멀리했을 것이다. 누구든 그때의 나를 알았다면 '저 사람이랑 가깝게 지내지 말아야지' 했을 정도로.

다른 곳이 아닌 서점에 있다는 이유로 지나간 그 시절을 추억한다. 경쟁이 일상인 나라지만 적어도 이 안에서는 경쟁하지 않는다. 서가에 꽂힌 책들도 자기를 사달라고 보채지 않는다. 누구 하나 급하게 쿵쾅거리는 발걸음이 없다. 소란스러움 없는 달팽이의 모양을 하고서 나에게 가장 좋은 것을 찾는다. 내 안에 숨겨 둔 나에게 가장 알맞은 내 모습. 때론 소원하게, 알면서 거부하고 있는 그 모습이다.

> 정서를 주로 하는 글에서는 무엇보다도 '차근차근'이 첫째
> 의 기술일 것이다.
>
> – 이태준 지음, 『문장강화』, 범우사

차근차근 써보면 알 수 있다. 요즘 들어 나에 관해 쓸 기
회가 고작 동사무소에서 전입신고를 할 때, 온라인 쇼핑몰 회
원 가입 신청서에 적는 이름 정도라는 걸 알고 있지만 그래도
심장 근처에서 늘 나를 감싸고 있는 기억이 궁금하다면 그의
말처럼 한 번 차근차근 쓰면 된다. 나에게 가장 좋은 것을.

마음이 힘들 때 우리가 사는 것들

오랜만에 학교 선배의 회사 근처에서 함께 밥을 먹기로 했다. 3년 전만 해도 한 달에 한 번은 퇴근하고 구로디지털단지역에 모여 고기도 구워 먹곤 했는데 선배들이 하나둘 결혼하기 시작하면서부터 어느새 모임도 흐지부지되었다. 이제는 보고 싶으면 한 명씩 찾아다니며 인사를 건넬 수밖에 없는 상황이 되었다. 이것마저도 언젠가는 뜸해질지 모른다.

선배의 회사는 동대문역사문화공원역 지상에 훤칠한 모습으로 세워진 어느 빌딩이다. 몇 년째 공사 중인 그 주변은 아니나 다를까 아직도 공사 중이었다. 파낼 게 많이 남은 모양이다. 저 위 햇빛이 반짝이는 멀리까지 뻗어 있는 타워크레인을 한창 구경하고 있는데 선배가 나를 알아보고 다가왔다. 너무 오랜만에 봐서 반갑게 인사했는데 느꼈을지 모르겠다. 우리는 사람들이 몰리기 전에 서둘러 움직였다. 선배 회사에서 걸어서 3분 거리에 있는 찌개 집에 가서 순두부 정식과 두루치기 정식을 먹었다. 후식으로 준 야쿠르트는 사양하고 커피를 마시러 식당에서부터 5분 더 걸어갔다.

아이스 아메리카노 두 잔을 앞에 둔 우리에겐 30분 정도의 시간이 허락되었다. 서로의 근황을 중심으로 두서없이 얘기를 쏟아내던 중이었는데 어느 틈에 대화는 내 쪽으로 흘렀다. 선배는 서점 일이 어떠냐고 물었다. 나는 즐거운 만큼 불안하다며 그 이유를 일일이 설명했다. 한참을 듣던 선배는 그래도 서점에서 일하는 게 잘 어울린다며 네가 부럽다고 말했다. 선배는 관심이 있어도 서점 일을 하며 살지 못할 것 같다며 말끝을 흐렸다. 논리적이지 않은데 무슨 말인지는 충분히 알 것 같은 선배의 말에 나는 굳이 이렇게 물었다.

"왜요, 선배도 하면 되잖아요."

"난 책을 읽지 않으니까."

"에이, 선배 그럼 가장 최근에 읽은 책이 뭐예요?"

"책 읽을 시간이 없지. 일하고 퇴근하면 집에서 애들 봐야 하니까."

"그래도 몇 년 전, 최근에."

"재작년에 주변에서 읽어보라고 추천을 많이 받아서 읽은 건 있어. 84…"

"『82년생 김지영』이요?"

"어. 그리고 상 받은 책인데…"

"한강의 『채식주의자』."

"어어. 그 두 권. 책은 잘 안 읽는데 가끔 힘들 때 소설은 읽게 되더라고."

힘들 때 소설을 읽는다는 선배의 말에 한 친구가 생각났다. 일주일 전에 만난 그 친구도 마음이 매우 지쳤던 어느 날 서점을 지나가는데 눈에 익은 작가의 이름이 보여서 이끌리듯 들어가 몇 년 만에 책을 샀다고 했다. 사람들은 힘들면 책을 찾는 걸까. 그것도 소설책을? 친구가 말한 작가는 베르나르 베르베르였고 그날 산 책은 『파피용』이었다. 지구를 떠나 새로운 별을 찾아 떠나는 사람들의 모험담을 읽고 친구는 힘든 마음을 조금이나마 덜어냈을까.

다시 현실로 돌아와서, 이번에는 선배에 대해 생각했다. 『82년생 김지영』 그리고 『채식주의자』를 읽었다는 선배의 이유는 무엇이었을까. 사실 회사 생활과 육아를 반복하는 삶 가운데 책을 읽었다는 것 자체에 박수를 보내고 싶었다. 어쩌면 선배는 부인을 좀 더 이해하고 싶었던 게 아닐까 싶기도 했다. 책과 안 친해 보이는 사람이 책을 읽는 데는 크든 작든 이유가 있다. 서점 일을 시작하고 더 자주 그런 생각을 하게 되었다. 자주 오는 할머니 손님이 계셨는데 에세이를 주로 사 가시길래 하루는 "이번에도 에세이 읽으시려고요?" 물었다. 할머니는 "응, 그림 있는 거로 하나 추천해줘"라는 말에 한마디를 덧붙이셨다. "손주에게 그림책 대신 읽어주기 좋거든."

　두 번째, "하면 되잖아요"라는 말에 선배가 그럴 수 없다고 말한 이유는 가족이었다. 혼자였다면 고향에 내려가 지금보다 더 작은 회사에 다니며 조용히 지내보고 싶다고 했다. 가정에도 회사에도 충실한 완벽주의자 선배, 야망 있는 선배 일 순위로 생각했던 사람에게서 이런 말을 듣게 될 줄 몰랐던 터라 "정말요? 선배가?"라는 반응을 보일 수밖에 없었다. 회사원인 사람을 만나면 늘 퇴사 이야기를 한다지만 안 그럴 것 같은 사람에게서 들으니 다르게 느껴졌다. 선배에게 추천해주고 싶은 책들이 이것저것 떠올랐다.

　머릿속으로 회사를 떠난 사람들이 쓴 책을 리스트업했다. 그런데 대부분 아직 젊고 혼자인 사람들의 책뿐이었다. 아사히 신문사를 다니다 차근차근 퇴사 준비를 했던 이나가키 에미코의 에세이 『퇴사하겠습니다』나 웹툰 미생을 글로 옮긴 것 같다며 인터넷에서 입소문을 탄 에세이 『퇴사의 추억』도 그렇고. 결혼하면 퇴사가 쉽지 않다는 게 사실상 확실시 된 기분이 들었다. 선배가 좋아한다는 소설 중에는 기혼 남성의 퇴사 이야기가 있긴 했다. 평범한 증권 중개인이던 주인공 스트릭랜드가 회사를 박차고 나와 예술의 길을 걷게 되는 소설 『달과 6펜스』 이야기를 들려주려니 도입부가 아내와 자식을 떠나는 내용이라 차마 입 밖으로 꺼낼 수 없었다.

그 사이 점심시간이 끝나갔다. 내가 선배에게 추천해줄 책을 고민하는 동안 선배는 앞으로의 계획에 대해 말해 주었다. 다음 해에는 베트남 주재원으로 가족과 함께 가게 될 것 같다고. 3년 정도 머무르는데 회사에서 집은 물론이고 생활의 많은 부분을 보조해 주는 거라 한국에서보다는 덜 치열할 것 같고, 마지막으로 아이 교육에도 도움이 될 것 같아 갈 수 있으면 가족이 다 함께 가는 방향으로 정했다고 했다. 외국에 다녀온다고 3년 후의 미래가 크게 달라지지는 않겠지만 그래도 갔다 와서 지금과는 다른 방향을 한 번 생각해 보겠다고 했다.

"생각났어요."

"뭐가?"

"선배한테 추천할 책이요. 제목이 『퇴사준비생의 도쿄』인데 선배는 거기서 『퇴사준비생의 호찌민』을 한 권 써오면 좋을 것 같아요."

나는 진지했는데 선배는 웃기지 좀 말라고 했다. 그리고 우리는 다음을 기약하며 헤어졌다. 집에 돌아오는 길에 나는 회사원들이 얼마나 책을 읽기 어려운 환경에 놓여 있는지 생각했다. 또 다른 선배 한 명은 아기를 재우고 깜깜한 방 안에서 스마트폰으로 전자책을 읽는다고 했다. 불을 켜면 아기가 깰 수도 있어서 종이책은 읽지 않은 지 오래되었다고. 그렇다면 앞으로의 책은 어떤 모습이어야 할까. 회사원도 읽을 수 있는 책은 과연 어떤 모습일까.

책과 호킹 지수

'당신이 책을 살 때 영향받는 것들을 모두 나열하시오.'

누가 이런 문제를 냈다고 하자. 문제에 답을 한다고 해서 퀴즈쇼처럼 현금을 몰아준다거나 하는 물리적 보상은 없다. 다만 내가 어떤 성향을 가졌는지 스스로 확인해 볼 수 있다는 정신적 보상은 어느 정도 자신 있다.

이 문제에 답하기 전에 중요한 것은 책을 사겠다고 마음먹는 일이다. 읽는 것까지 가지 않아도 좋다. 사겠다는 마음만으로 충분하다. 이 '충분'에 대한 근거는 나만의 것이 아니다. 이미 많은 사람이 사놓고 읽지 않는 행태를 정당화해주었기 때문에 가능한 '충분'이다. 그 선두에 있는 책으로는 천재 물리학자 스티븐 호킹이 쓴 『시간의 역사』가 있다. 이공 계열을 전공했거나 영화 〈사랑에 대한 모든 것〉을 보며 감동한 사람이라면 한 번쯤 들어봤을 법한 이 책은 '우주는 어디에서 와서 어디로 가고 있는가'라는 거대하고 기초적인 질문을 담고 있다. 제목과 소개만 보면 지금 당장이라도 주문해 읽어보고 싶은 생각이 드는 만큼 전 세계적으로 1천만 부 이상 팔리며 수년간 베스트셀러를 유지했다. 하지만 실제로 읽은 사람은 판매 부수와 일치하지 않을 거라는 걸 한 미국의 수학자가 분석했고 '호킹 지수'라고 칭하며 수치를 발표했다. 아마 수학자도 책을 읽으면서 이런 생각을 했던 것 같다. "나만 안읽고 있는 걸까… 아닐 거야…"와 같은.

그는 아마존의 '인기 하이라이트(popular highlights)' 기능을 이용했는데 분석한 결과 『시간의 역사』의 호킹 지수는 6.6%였다. 즉, 100명 중에 6.6명만 완독했을 거라는 뜻이다. 정확한 수치라고 보긴 어렵지만 이 결과를 두고 거칠게 항의하는 사람이 없었던 것으로 봐서 암묵적 동의를 하는 게 아닐까. 나는 이 책을 갖고 있진 않지만 호킹 지수가 매우 낮을 것으로 예상되는 책은 몇 권 있다. 〈코스모스〉 다큐멘터리 1화를 보고 구매한 칼 세이건의 『코스모스』, 아는 분에게 선물 받은 아리스토텔레스의 『니코마코스 윤리학』, 그리고 생각이 너무 많았던 어느 날 서점에서 내 눈을 사로잡은 대니얼 카너먼의 『생각에 관한 생각』. 쓰고 보니 이 책들의 호킹 지수가 자못 궁금해진다. 나만 안 읽는 건 아닐 텐데. 여하튼 이러한 이유로 우리는 책을 읽겠다는 마음이 굳이 아니더라도 사겠다는 마음을 가져도 된다.

책으로 슬픔을 희석하는 법

앞서, 책을 사겠다는 마음은 충분히 먹었으니 노트북을 켜서 빈 페이지를 띄우거나, 노트북 대신 가방에 넣고 다니는 로디아(RHODIA) 수첩이라던가 미도리 MD 노트, 알라딘 굿 즈로 받은 양장 노트, 스타벅스 다이어리 같은 걸 꺼내 책을 사는 이유를 하나씩 생각나는 대로 적어보는 것은 어떨까. 생 각이 안 난다면 가장 최근에 샀던 책이나 사고 싶었던 책을 떠올리면 된다.

선물하려고 / 업무에 참고하려고 / 자기계발 하려고 / 인 테리어 용도로 / 책 표지가 예뻐서 / 제목이 좋아서 / 좋아하는 작가의 책이라서 / 믿고 사는 출판사 책이라서 / 친구가 추천해서 / 인터넷 서점이나 크라우드 펀딩 굿즈(사은품) 받으려고 / 어쩌다 서점에 들어가서 / …

아무리 생각해도 심심하다는 이유로 책을 살 것 같진 않다고 생각하니 갑자기 슬퍼진다. 우울하거나 심정적으로 너무 힘들 때 역시 책을 찾기보다 달콤하고 자극적인 음식을 찾을 가능성이 크다. 물론 슬플 때는 책을 읽는 게 현실의 도피처가 될 수도 있지만 『슬픔의 위안』이라는 책에 의하면, '슬픔에 젖은 처음 며칠, 몇 주 동안엔 뭔가를 읽는다는 일이 만만치 않게 느껴진다'라고 말한다. 전자레인지 사용설명서나 조간신문의 가십을 읽는 것도 집중력 없이는 힘들지 모른다고. 그러면서 슬플 때는 이야기가 있는 책보다는 '시'를 읽는 게 도움이 된다고 말한다. 아무래도 '읽는다'라는 표현보다 '시를 응시한다, 바라본다'라고 하는 게 좋겠다.

> 슬픔에 젖은 이들이 본능적으로 끌리는 읽을거리 중 하나는 시다. 시는 슬픔 속에 응어리진 뭔가를 완화해주는 것으로 보이는데, 여기엔 뚜렷한 이유가 있다. 미국의 계관시인 빌리 콜린스는 이에 관한 적절한 견해를 밝혔다.
>
> – 론 마라스코, 브라이언 셔프 지음, 김명숙 옮김, 『슬픔의 위안』, 현암사

슬플 때는 긴 글보다는 짧은 글을 찾게 된다. 처음에는 그 사실을 몰랐다. 한날 시집을 폈는데 그 안에 만 원짜리 한 장이 끼워진 걸 보고서야 그걸 끼운 날 버스에서 혼자 울던 장면을 떠올리고 나서야 알아차렸다. 그리고 그날 이후, 시집에 종종 지폐나 나뭇잎 책갈피, 소중한 엽서나 친구의 편지 같은 걸 끼워 둔다. 나중에 발견하면 보고 웃기 위해서다. 슬픔이 좀 희석되지 않을까 싶어서. 참고로 효과가 아주 좋다.

또한 책에서는 이 말을 이해하는 가장 좋은 방법으로 콜웨이 키넬의 시「성 프란체스코와 암퇘지」를 소개하는데 나는 심보선의 시집『눈앞에 없는 사람』중「좋은 일들」을 소개하겠다.

이 시는 오늘 한 일 중에 좋았던 일들을 짐짓 기억하며 설명할 수 없는 일들 투성이인 인생에 대해 말한다. 시의 좋은 점은 아이 같은 호기심이 가슴에서 쉽게 인다는 것이다. 시를 읽다 보면 평소에 잘 쓰지 않거나 생각조차 하지 못한 단어들이 눈에 띄는데, 그렇다고 그 단어를 모르느냐. 아니다. 그 단어들은 내가 어릴 적에 교과서에서, 소풍 가서 만나는 자연에서 숱하게 보고 말하던 단어들이다. 이러한 연유로 나는「좋은 일들」의 시구 '태양으로부터 드리워진 부드러운 빛의 붓질이 / 내 눈동자를 어루만질 때'에 등장하는 '붓질'이라는 시어에 본능적으로 끌렸다. 시를 따라 읽을수록 나도 어느새 어린 마음이 된다. 서예 시간에 붓질하던 아이의 마음이 된다. 자연스레 지금의 나와 거리를 두게 되면서 슬픔도 자연히 완화된다.

> 시인은 다루기 어려운, 가령 슬픔의 치욕 같은 것들을 다룬다. 그리고 그럼으로써 저마다의 사랑스러움을 일깨운다. 시는 가장 추한 감정들을 인정하는 동시에, 그 사이에 질서를 부여해 고귀하게 만든다. 시는 표현력이 무척 풍부하면서도 구성과 형식이 엄격하고 극도로 정제된 언어를 사용한다. 위대한 시는 최고의 형식에 담긴 최고의 감정인데, 슬퍼하는 이의 생각과 감정이 몹시 흐트러져 있을 때 형식은 하늘의 선물과도 같다.
>
> – 론 마라스코, 브라이언 셔프 지음, 김명숙 옮김, 『슬픔의 위안』, 현암사

책에서 말한 대로라면 형식미가 두드러지는 시조나 일본의 하이쿠도 슬픔에 도움이 될 것 같은데, 아무래도 학교에서 시험과목으로 배운 것들은 대체로 정이 잘 안 가는 통에 소개하기가 버겁다.

책 심리테스트

자, 이제 거의 다 왔다. 책을 사는 행위를 짚어보는 일. 앞에서 생각한 이유를 분류하면 된다. 그리고 내가 어떤 구매 성향을 가졌는지 눈으로 확인해보자.

(1) 목적 구매: 선물, 업무, 자기계발, 인테리어용
(2) 충동 구매: 지인 추천, 굿즈, 어쩌다 서점 방문
(3) 취향 구매: 책 표지, 제목, 저자, 출판사

3가지 구매 유형 중에 나는 어디에 속하는가. 심리테스트

는 아니지만 (1), (2) 유형을 거쳐 (3) 유형에 이른 나의 경험을 되짚어 설명해본다. 만일, 유형 (1) 목적 구매한 책이 많다면 '지적인' 사람, 책을 사랑하게 될 가능성이 무궁무진한 사람일 것이다. 책을 통해 성장, 발전하는 것에 두려움이 없으며 내가 읽고 좋았던 건 다른 사람에게도 자신 있게 추천하거나 선물하기 때문에 이 사람들이 사서 읽고 입소문 내는 책 중에 베스트셀러가 되는 책이 많다. 인문이나 경제 경영, 자기계발 분야의 책이 주로 이 분야에 해당한다.

다음은 유형 (2) 충동적으로 구매한 책이 생각보다 많아 놀랐다면 '정이 많은' 사람이다. 다른 사람의 말을 허투루 듣지 않고 잘 새기며 말 못 하는 물건이라고 막 대하는 법 없이 소중히 보관한다(비록 나중에는 어디에 있는지, 있었는지 기억이 가물가물할 때도 있지만). 또한 현재의 순간을 소중히 여기는 카르페디엠, 작지만 확실한 행복을 추구하는 소확행을 몸소 실천하는 사람과도 결을 함께한다. 무엇이든 좋게 생각하려고 노력한다. 에세이나 심리학, 영 어덜트 소설이나 『어린 왕자』, 『메리 포핀스』 같은 동화 장르도 선호한다.

마지막 유형 (3) 취향 구매자는 책에 있어서만큼은 '중독된' 사람이다. 앞으로 남은 평생을 책과 함께 보내지 않으면 안 되는 사람, 어딜 가든 책의 형태를 갖춘 건 한 번씩 펼쳐 봐야 직성이 풀리는 사람들이다. 혼자 있는 시간이 많고, 심심이라는 단어와는 거리가 먼 이 유형의 사람들은 소설이나 철학, 과학이나 역사 분야의 책 중에 자신이 특별히 좋아하는 분야 위주로 사들인다. 대체로 1쇄로 끝나는 책들을 1쇄라도 찍을 수 있도록 해주는 독자들이다.

심리테스트의 90% 이상은 과학적 근거가 없다고 이미 밝혀졌다. 그런데도 심리테스트는 전 세계인이 사랑하는 놀이가 되었다. 몇 년 전 '신이 당신을 만들 때…'라는 심리테스트로 유명해진 '봉봉'은 한국어와 영어, 일본어, 중국어, 프랑스어, 스페인어, 포르투갈어, 인도네시아어, 인도어, 말레이시아어 등 14개 언어로 번역되어 서비스할 만큼 세계로 뻗어 나갔다. 이만하면 근거가 없는 심리테스트도 충분히 의미를 가질 수 있다고 볼 수 있지 않을까. 개인에 따라 천차만별이겠지만 적어도 나에게는 두 가지 의미가 있다. 첫째로 전부 다른 선택을 한다는 점에서 '사람은 전부 다르구나', 두 번째는 특정 카테고리로 분류할 수 있다는 점에서 '사람들은 전부 비슷하구나.'

책을 사는 이유도 이렇게 생각해 볼 수 있지 않을까. 책을 사는 이유는 사람에 따라 다르지만 내가 사는 이유는 대체로 비슷하다.

여행지에서 읽기

이번 여행에는 무슨 책을 읽을까, 서점에 가서 한 번 살펴볼까, 생각하는 사람이 세상에 몇 퍼센트나 될까? 출발 전날, 그것도 밤늦게 짐 싸기 바쁜 나 같은 사람에게 이런 종류의 생각은 불가능의 영역이다. 아무리 2~3개월 전에 비행기와 숙소를 예약해도 가져가는 책은 늘 전날 책상 위를 훑어보다가 사놓고 안 읽은 것 중에 한두 권을 챙기게 된다.

팟캐스트 녹음을 하는 중에 여행지에 가서 주로 무슨 책을 읽느냐는 질문을 받았다. 시간상의 문제와 이런저런 이유로 앞에서 설명한 진짜 내막은 설명하지 않고 "시집이요"라고 대답했다. 대답과 함께 기차가 등장하는 시 한 편을 낭독했다. 가장 최근에 경주 여행에 들고 간 두 권이 모두 시집이었다는 우연에, 기차와 밤꽃이 등장하는 시를 읽으며 경주의 밤 벚꽃 풍경에 한참 젖어 감성적인 여운이 가시지 않았다는 게 핑계라면 핑계였다.

책을 가져가는 논리적이고 이성적인 이유는 여행이 한참 지나고 나서야 말할 수 있는 것이 아닐까? 아무튼 그날 팟캐스트 녹음이 있고 난 뒤, 누가 나에게 '여행지에 어울리는 책은?' 하고 묻는다면 나는 역시나 가장 최근에 갔던 여행지에서 읽은 책을 떠올리며 세상에서 가장 주관적인 이야기를 늘어놓을 가능성이 크다는 사실을 깨달았다. 그 덕에 다음에는 연결고리를 하나라도 만들어 책을 가져가야지 생각했다.

얼마 지나지 않아 다음 여행이 찾아왔다. 나는 무라카미 하루키의 에세이 『이렇게 작지만 확실한 행복』과 시바타 쇼의 장편소설 『그래도 우리의 나날』을 챙겼다.

두 책의 연결고리는 작가의 이름을 보면 짐작할 수 있듯이 일본 작가라는 점이다. 그리고 이번 여행과의 연결고리도 예측이 쉽다. 여행지가 일본이구나. 저가 항공사에서 초특가로 내건 일본행 티켓을 나는 거절하지 못하고 순순히 받아들였다. 그리고 마침 짐 싸기 전에 책상 위를 훑었을 때 읽지 않고 꽂아둔 책 6권이 있었는데 그중 일본 작가의 책은 2권이었다. 물론 다른 연결고리도 충분히 만들 수 있었다. 예를 들면 6권 중에 캐리어 무게를 고려해 가장 가벼운 책 2권을 들고 간다거나 여행 중에는 몰입해서 읽기 어려우니까 가벼운 에세이를 가져간다거나. 혼자 방 안에서 책을 읽을 목적이라면 두꺼운 장편소설을 가져갈 수도 있었다.

선택은 내 마음대로이지만 그래도 기준을 만들어 선택한 것과 손에 집히는 대로 가져간 것은 엄연히 다르다. 그 선택들이 쌓여 내 취향, 삶의 어느 지점의 의미를 만들어내기 때문일 테다. 특히나 사진이나 일기 같은 제한된 기록물 안에서 제멋대로 의미를 만들어 저장하고 평생 그것들을 꺼내어 회상하기 좋아하는 나 같은 인간의 삶에는 더더욱 이런 기준들이 필요하다. 물론 이 모든 것을 가능하게 하려면 집에 읽지 않은 책이 많아야 한다. 그러니 안 읽을 것이 두려워 책 사는 것을 겁내지 말자. 김영하 작가도 그러지 않았나. "책은 읽을 책을 사는 게 아니라 사 놓은 책 중에 한 권을 골라 읽는 것"이라고.

일본에 가니까 일본 작가의 책을 읽어야겠다고 생각한 덕분일까. 밤에 호텔에서 책을 읽고 다음 날 가와라마치 역 부근 백화점과 쇼핑몰로 들어찬 건물을 지나는 것만으로도, 교차로에 서서 출퇴근하는 일본 사람들을 보는 것만으로도 '소설의 주인공이 실제로 존재한다면 이 사람들 중 한 명처럼 생겼겠지', '지나가는 사람 중에 내가 어제 읽은 책을 일본어로 읽고 있는 사람이 있진 않을까', '같은 책을 읽고 영어로 대화하면 어떤 기분일까'하는 생각이 들었다. 여행이 풍성해지는 기분이었다.

맛있는 것을 먹고 새로운 풍경을 보는 것 이상이었다. 음식점 종업원이나 택시 기사 외에는 말을 섞을 일이 없는 여행지에서, 이곳에 사는 사람들과 어떤 보이지 않는 교류를 하는 것 같은 묘한 기분이었다. 사실 소설 『그래도 우리의 나날』은 밝은 내용이라고 하긴 어렵다. 차라리 어둡고 심오하다고 하는 게 맞겠다.

그렇기에 무채색 필터를 씌운 것 같은 건물을 지나는 사람들을 보며 투영한 이미지 역시 밝음, 강인함보다는 나약하고 건조한, 때로는 체념적인 것들을 생각했다. 하지만 책 내용이 어둡다고 해서 나의 여행이 어두워지진 않는다. 오히려 덕분에 여행지에서만 느낄 수 있는 유별난 감정으로 설렘은 고조되고 내가 선택한 책을 통해 전에 없던 의미가 마음에 새겨졌다. 그런 점에서 오래오래 추억할 수 있는 여행이 만들어지는 만족스러운 여행이 될 가능성이 크다.

이번 여행은 예정에 없던 칼바람에 손발이 시리고 비까지 내려 마지막 날에는 내내 우산을 들고 다녀야 했지만 그 어느 때보다 일본을, 일본 사람들을 들여다보고 온 기분으로 빼

213

곡히 채워졌다. 그리고 맥주 한 잔이 간절해졌다. 이것조차도 무라카미 하루키의 책에서 온 것이리라.

> 생활 속에서 개인적인 '작지만 확실한 행복'을 찾기 위해서는 크든 작든 철저한 자기 규제 같은 것이 필요하다.
> 예를 들면 꾹 참고 격렬하게 운동을 한 뒤에 마시는 시원한 맥주 같은 것이다. "그래, 바로 이 맛이야!" 하고 혼자 눈을 감고 자기도 모르는 새 중얼거리는 것 같은 즐거움, 그건 누가 뭐래도 '작지만 확실한 행복'의 참된 맛이다. 그리고 그러한 '작지만 확실한 행복'이 없는 인생은 메마른 사막에 지나지 않는다고 나는 생각한다.

> - 무라카미 하루키 지음, 김진욱 옮김, 『이렇게 작지만 확실한 행복』, 문학사상사

어떤 사람들은 책을 좋아합니다*

읽는 생활이 나의 일부가 되면서 독서하는 사람의 몇 가지 특징을 알게 되었다. 그 특징들은 다음과 같다.

첫 번째, 길을 가다 책 읽는 사람을 보면 어쩔 줄을 모른다. 반가워서.

어느 날 팟캐스트 녹음을 마치고 지하철역으로 내려가는데 두꺼운 책을 든 남자가 앞에 지나가는 게 보였다. 둘 중 누가 먼저랄 것도 없이 걸음이 빨라졌다. 저 두꺼운 책이 무엇인지 제목을 알아내고 싶었다. 사람이 무척 붐비는 역이었다. 한 명은 오른쪽으로, 한 명은 왼쪽에 붙어 남자를 따라 계단을 내려갔다. 책을 든 남자도 아마 눈치챘을지도 모른다. 어떤 여자 둘이 자기를 목표 삼아 걷고 있음을. 지하철 도어가 닫히기 전 우리는 알아냈다. 영어로 쓰인 책이라는 것과 저자가 '유발 하라리'라는 것을. 그는 『사피엔스』를 읽고 있었다. 손이 쉽게 가지 않는 두께를 자랑하지만 한 번 잡으면 놓기 힘든, 인류의 탄생부터 미래까지 총망라하는, 현대인에게는 필수 교양서 같은 책이다. 호기심이라는 것은 알고 나면 대부분 허무해지는 감정이 든다는데 우리는 신이 난 채로 한참을 서로를 향해 웃어 보였다.

두 번째, 같은 책을 좋아하는 사람과 금세 친해진다. 할 말이 많아서.

언론사에서 3년 반 정도 일했을 즈음, 스타트업 대표에게서 이직을 제안받았다. 대표와는 인터뷰를 계기로 알고 지내던 사이였지만 막상 제안을 받으니 반신반의했다. 갈팡질팡 저울질만 늘어가던 어느 날, 그는 맛있는 저녁을 사주겠다며 회사 근처에 있는 식당 주소를 알려줬다. 명이 나물을 곁들여주는 삼겹살 가게였다. 나는 퇴근 시간이 되자마자 충정로에서 신논현까지 한걸음에 달려갔다. 메뉴가 삼겹살이라는 이유로. 겨울이었고 눈이 내리는 추운 날이었다. 뛰어왔지만 대기 줄이 있었다. 먼저 도착한 나는 대기 명단에 이름을 적고 기다렸다. 도착했다고 전화하자 10분 후에 그가 왔다. 분명 어색한 사이가 아니었음에도 일로써 만나서 그런지 긴장된 분위기가 감돌았다.

무료한 대화가 오가던 중에 스티브 잡스가 화두에 올랐다. 그날 내 가방에는 월터 아이작슨이 쓴 『스티브 잡스』가 있었고 이미 포스트잇이 수십 개 붙은 상태였다. 대표도 그 책을 읽었다고 말했다. 잡스 이야기는 우리를 감싸고 있던 냉기를 단숨에 온기로 바꿨다. 그날 나는 명이 나물에 삼겹살이라는 환상의 조합을 처음 맛보았는데 거기에 초록색 병까지 쌓이자 어느 순간부터는 그가 스티브 잡스처럼 보이기 시작했다. 그에게도 워즈니악 같은 든든한 동료가 있었고, 그들의 목표 역시 매킨토시처럼 사람들을 놀라게 하는 것이었으며 그렇게 할 수 있는 기술이 있었기에 충분히 가능한 착각이었다.

맛있는 저녁을 위한 자리는 책이라는 공통분모 덕분에 서로의 가능성을 확인하는 의미 있는 시간으로 탈바꿈했고, 식당을 나온 후 2차로 들어간 수제 맥주 가게에서는 사무실에서 일하던 나머지 동료들까지 합세해 환영 인사 자리가 만들어졌다. 다음 날, 나는 다니던 언론사를 퇴사하기로 했다. 그렇게 다니게 된 스타트업 회사는 지금도 읽고 싶은 책을 마음껏 살 수 있는 복지제도를 운영 중이다.

세 번째, 언젠가 서로 다시 만난다. 책을 통해서.

1년 정도 매일 아침 8시부터 9시까지 영어 회화 스터디를 한 적이 있다. 나는 경영학과 3학년이었고 다른 멤버들은 대부분 영문학과였다. 기계공학과에 다니는 멤버도 있었다. 어학연수를 다녀온 사람, 외국에서 살다 온 사람, 학원 영어 선생님 경력이 있는 실력자까지. 그들 사이에서 나는 해외 경험이 전무한 학부생이었다. 이른 아침에 꼬질꼬질한 모습을 숨김없이 공유한 사이라 그런지 우리는 꽤 친해졌다. 저녁에 가끔 모여 밥도 먹고, 단합을 이유로 1박 2일 포항 여행을 떠나기도 했다. 각자 취업 준비를 하면서 모임이 뜸해져 결국 스터디는 없어졌지만 가끔 연락하는 사이 정도로 남았다.

졸업하고 6년 정도 지났을 무렵, 해리 포터를 닮아 닉네임이 해리였던 스터디 멤버와 연락이 닿았다. 그는 이공계를 졸업해 대기업에 다니는 직장인이었는데 곧 자신의 책이 출간될 거라고 했다.

"책이요?"

알고 보니 그는 어릴 때부터 책을 좋아했고 최근 몇 년간 꾸준히 SNS에 책을 소개하는 계정을 운영 중이었다. 우리는 토익 영어 단어로 이뤄진 제한된 문장 속에서만 대화했고 스터디 모임 안에서만 친했기에 당연히 그 이상은 알 리 없었다. 그날 책을 통해서 우리는 서로의 다른 면을 알게 되었다. 그 인연을 시작으로 성북동 서점을 비롯한 지금도 책을 기반으로 하는 콘텐츠를 만들며 파트너로 함께하고 있다.

218

세상이 넓은 것에 비해 책 읽는 사람들의 세계는 좁다. 우울한 현실이지만 동시에 기쁜 소식이 아닐 수 없다. 덕분에 우리는 언젠가 다시 만나게 될 테니. 우연이 아닌 필연으로서.

*비스와바 쉼보르스카 시선집 『끝과 시작』 중 「어떤 사람들은 시를 좋아한다」를 읽다 떠오른 제목.

여행지에서 산 것

뻐근했던 몸이 커피 한 잔에 가벼워졌다. 카페인이 주는 각성이 아닌 맛과 향이 주는 풍요로움 덕분이다. 언제부터 내 사전에 여행이란 단어가 '무한 걷기 운동'이 되었는지 모르겠다. 조식을 먹고 숙소 문밖을 나서는 순간부터 야식 먹고 돌아올 때까지 내리 걷는다. 여행이란 말 앞에서 차(탈 것)는 교통수단에 지나지 않는다. 꼭 필요할 때만 탄다. 이틀이든 2주든 일정과 상관없이 여행을 다녀온 다음 날의 몸은 천근만근, 잠자는 숲속의 공주처럼 영영 못 깨어날 것만 같은 기분으로 채워진다. 오늘은 언제 그랬냐는 듯 휴대폰 카메라

셔터를 눌러대고 있다(물론 맛과 향이 카메라에 찍힐 리 없기 때문에 조금 더 설명하자면 이 커피의 원두는 온두라스이고, 일본 교토의 어느 주차장 옆 로컬 카페 'weekenders coffee'에서 샀다. 커피를 머금고 있으면 혀에서 풀 내음이 난다. 처음 마시던 때 누군가가 나에게 그런 식으로 말해줬다).

"내 이럴(이렇게 맛있을) 줄 알았어. 500그램으로 사 오는 건데…."

여행지에서 돌아온 후부터 이 말을 몇 번째 하는지. 어깨가 무겁단 이유로 무게를 줄였던 나를 질책해보지만 구질구질하다. 다행히 바리스타 친구에게 맛보여 줄 원두는 남았다. 구질구질함보다 나누는 기쁨을 더 누려야지.

지난 몇 번의 여행과 다르게 앞으로의 여행에서는 마그넷을 사듯 그곳에서 살 수 있는 책을 한 권씩 사야겠다고 마음먹고(미래를 위한 투자라는 핑계를 더해) 그 첫 결심으로 일러스트 북『어바웃 커피(about coffee)』를 샀다. 이 책의 저자 쇼노 유지는 일본 도쿠시마에서 카페를 운영하고 있다. 한국어 번역본이 이미 출간되었고 서점에서도 열심히 소개하고 팔았던 책이다. 가볍고 얇은 데다가 귀여운 일러스트 중심으로 구성된 책이라 홈 브루잉, 인테리어 등 다양한 용도로 주로 30~40대, 나아가 60대에게도 사랑받았다. 특히 표지를 보면 꼬꼬마 바리스타가 "엄마, 내가 가르쳐 줄게" 하고 말하는 것 같다. 쫄

래쫄래 엄마를 따라가서 커피를 가르쳐 주는 꼬마 같달까.

사실 나는 열심히 소개만 할 뿐 책을 사지 않았는데 여행지에서 가는 곳마다 커피와 함께 그 책이 진열되어 있는 걸 보니 구매욕이 생겼다. 자꾸 눈에 거슬리면 사는 법이다. 여행 막바지에 방문한 서점에서 일본인 직원의 도움을 받아 냉큼 데려왔다.

일본에서 사 온 커피는 몇 번 마시면 사라지겠지만 이 책을 보며 한적했던 카페 풍경을 기억할 수 있을 것 같다. 일본어를 잘 읽지 못해도 책을 재밌게 읽은 기분이 든다. 일본어를 할 줄 알고 커피, 일러스트를 좋아하는 친구를 만난다면 더없이 좋은 선물이 될 수도 있겠다.

다음 여행지에서는 어떤 책을 사게 될까.

4장

어제에서 찾은
오늘

사랑은 여전히 오는가

12월은 분주한 달이다. 12월 1일, 2일 고작 이틀이 밝았을 뿐인데, 라디오를 켠 것도 아닌데 휴대폰 메시지로 사연이 쏟아진다. '언니 저 취업했어요' 후배의 취업 소식, '나 회사 옮겼어. 근처니까 연말에 한 번 보자' 친구의 이직 알림, '나 나왔어. 직원은 못 해 먹겠다' 또 다른 친구의 퇴사 한풀이까지. 앞으로 남은 29일간 매일 같이 들려올 사연들 앞에 나는 큰 한숨을 내쉬며 숨을 골랐다. 직장인 4년 차, 그리고 29일 후면 스물아홉이 되던 때였다.

평균수명이 50~60살이던 시절에는 열아홉이 오렌지빛의

싱그러운 나이였다고 한다. 지금은 기대수명 100살도 거뜬하다. 빨간색 단면 색종이의 모습으로 접거나 자를 수 있지만 어떻게 해야 할지 몰라 그냥 펼쳐 두고만 있는 나이다. 남들은 이 나이를 어떻게 자르고 접었는지 궁금해 서점에 간다. 먼저 에세이 코너에 가서 제목을 살핀다. 20대, 혹은 숫자 29가 들어간 제목을 찾으면 정말 놀랍게도 내 또래를 만날 수 있다. 그중에 내가 찾은 책 제목은『29쇄』. 잘못 보면 29세로 볼 수 있는 이 책은 시작부터 나이에 관한 기록임을 밝히고 있다.

> 제목을 '29쇄'로 정한 데에는 나를 29일 동안 스물아홉 번 찍은 기록이라서, 또는 이 책이 물리적으로 29쇄를 찍길 바라는 마음으로, 또는 이 책의 판권 어디에도 29쇄라는 글자가 찍힐 일이 없다는 걸 우주의 기운을 통해 알 수 있기에 차라리 제목으로 찍어버리자는 객기로, 또는 발음이 29세와 비슷하니까 등등의 의미가 있습니다.
>
> – 임소라 지음,『29쇄』, 북노마드

갈수록 에세이가 많이 팔린다. 무겁지 않아서, 가볍게 읽을 수 있어서라고 하는데 사람들이 대화를 잃어버려서인 것 같다. 버스에서 교복 차림의 학생들을 보며 '할 말이 저렇게 많은가' 생각한 적이 있다면 그게 증거다. 그들이 할 말이 많은 게 아니라 내가 대화를 잃어버린 거다. 나는 그렇게 에세이를 찾기 시작한다. 대화를 찾아서.

에세이는 일종의 교환 일기다. 중학교 시절 여러 친구와 혹은 가장 친한 친구와 돌려쓰던 교환 일기. 종일 붙어 다니며 떠들고도 못다 한 이야기가 있어 쓰고 또 쓴다. 내가 쓴 게 아닌데 내 이야기 같고, 내 일기는 늘 초라해 보여 남이 쓴 것만 읽고 또 읽고. 또래가 쓴 에세이를 읽고 있으면 마치 교환 일기를 읽고 있는 기분이 든다.

이번에는 시집 코너에 가본다. 아무 시집이나 펴서 시의 제목이 나열된 목차 면을 펼친다. 그곳에서는 내 나이랑 친한 글자를 찾으면 된다. 나는 두 개의 시집 목차를 보았고 시인은 한 명이었다. 내가 찾은 글자는 청춘, 30대, 오늘은 잘 모르겠어, 어쩌라고, 같은 것들이었는데 그중에 '삼십 대'라는 시를 가장 먼저 읽었다.

삼십 대, 다 자랐는데 왜 사나, 사랑은 여전히 오는가, 여전히 아픈가, 여전히 신열에 몸 들뜨나, 산책에서 돌아오면 이 텅 빈 방, 누군가 잠시 들러 침만 뱉고 떠나고, 한 계절 따뜻하리, 음악을 고르고, 차를 끓이고 책장을 넘기고, 화분에 물을 주고, 이것을 아늑한 휴일이라 부른다면, 뭐, 그렇다 치자, 창밖, 가을비 내린다, 삼십 대, 나 흐르는 빗물

오래오래 바라보며, 사는 둥, 마는 둥, 살아간다

- 심보선 지음, 『삼십 대』, 『슬픔이 없는 십오 초』, 문학과지성사

스물, 20대는 생장을 주로 생각한다. 내 옆에서 자라는 꽃은 피어나기만을 기다리고, 내 안에 꿈도 각자 대로 조금씩 크기를 키워가며 이루어지기만을 학수고대한다. 결코 피어나지 못하거나 질 것을 생각하지 않는다. 태어나지 않았으면… 바라는 사람이 아니라면 누구나 생장을 생각한다. 사랑이라는 열병에 시달리는 이유도 이것 때문이다. 내 사랑은 계속해서 피어나는 것, 절대 시들지 않는 것. 이런 믿음이 있기에 걸리는 병이 사랑의 열병이다.

스물아홉이 되자 저 멀리서 나를 향해 전진하는 말들이 보인다. 서른, 30대가 오고 있음을 알려주는 말들이 나를 향해 무섭게 달려온다. 가령 이런 말들이다. '스무 살에 알았으면 좋았을 것들', '서른이 되기 전에 가봐야 할 여행지', '올해가 가기 전에 알아두어야 할 10가지', '성공은 20대에 결정된다' 등 개인의 삶의 속도는 무시한 채 이 나이에는 이런 일을 해야 한다고 미리 정해놓고 채찍질하는 것 같다. 전부 종량제 봉투에 넣어서 갖다 버리고 싶은데 나는 그 말들을 서랍 속에 넣어 두고 매일 밤 꺼내 본다. 그렇게 스물아홉의 31일을 보낸다. 생명은 계속되지만 생장은 끝인가. 숨만 쉬면서 사람이

어떻게 살 수 있을까. 그런 생각이 들 때 좋아하는 시인들을 만나러 간다. 그들은 숨만 쉬지 못하는 사람들이다. 숨만 쉬는 걸 잘 견딜 수 있다면 시를 쓰지 않았을 것이다. 또한 그들은 단언하지 않는 사람 중 하나다. 결론이 없고 늘 애매모호하게 말끝을 흐리는데 그게 바로 그들의 작품이 된다. 마지막으로 그들은 명확하게 결정하지 않는 삶을 단 하나의 결정으로 삼아 매일매일 가시에 찔리며 산다. 아프지만 여전히 생장하는 삶이다.

시인 중 한 명이 말한다. '삼십 대, 다 자랐는데 왜 사나, 사랑은 여전히 오는가, 여전히 아픈가, 여전히 신열에 몸 들뜨나'. 그는 이미 그곳에 가 있지만 알려주지 않는다. 너도 한번 살아보라고. 그냥 30대에 가보라고. 같이 찔려보자고.

불안한데 자유롭고 싶다

윗배가 팽팽해지면서 콕콕 찌르는 느낌이 들거나, 눈과 귀 사이 움푹 들어간 관자놀이에서 통증이 느껴지면 곧바로 약을 먹거나 병원에 간다. 30분이라도 일찍 회복해 일상생활을 유지하고 싶어서. 학교 다닐 때만 해도 아픈 걸 핑계 삼아 온종일 이불에 배를 지지고 누워 텔레비전을 보거나 군것질하며 빈둥거리곤 했는데 지금은 이상하게 아프면 자유를 잃은 사람이 된다. 그날 하루를 도둑맞은 기분. 신고할 곳은 물론이고 원망할 대상도 없다. 혼자 서러워하다 지쳐 잠이 드는 게 주로 아픈 하루의 마무리다. 나를 간호해 줄 누군가가 옆에 있다면 전혀 다르게 흘러가겠지. 따뜻한 손길과 걱정스러운 눈빛, 마음의 온기가 전해지면 자유를 잃은 게 무엇이 중요하겠는가. 전쟁 영화만 봐도 알 수 있다. 생사가 위태로운 병동에서도 간호사와 병사의 러브스토리는 빠지지 않으니까. 사랑 앞에서는 그 무엇도 차 순위라는 것을 전제로 나는 자유를 생각한다.

그날도 아파서 골골거리던 날이었다. 아파도 심심할 수 있다. 아프니까 심심할 수도 있고. 친구 둘에게 동시에 문자를 보냈다. '현재의 일상에서 가장 자주 하는 생각이 무엇?' 꼼짝없이 누워 라디오를 듣는 게 전부인 나와 달리 회사에서 야근 요정으로 살고 있는 한 명과 학원에서 공인중개사 시험 공부 중인 자유로운 영혼 한 명. 그 둘은 무슨 생각을 하나 궁금했다.

야근 요정

Q. 현재의 일상에서 가장 자주 하는 생각은 무엇?

A. 방전.

Q. 나는 왜 오늘도 방전되었는가? 어떻게 충전할 것인가?

A. 사람이 어디까지 방전될 수 있는가.

Q. 방전의 끝… 계속 뭔가 하고 있다면 그건 방전이 아닌
   것을….

A. 방전이 덜 됐다는 거겠지. 해 못 봐서 태양광 충전도 못
   하는데.

자유로운 영혼

Q. 현재의 일상에서 가장 자주 하는 생각은 무엇?
A. 젊을 때 돈 벌 수 있는 루틴을 만들어서 자유로이 살고
   싶다.
Q. 자유로이?
A. 전국에서 살아보기 할 수 있는.

야근 요정은 며칠 전에 과로로 쓰러졌는데 회복한 지 얼
마 지나지 않아 다시 방전되고 있었다. 자유로운 영혼은 공
인중개사 1차 시험에 합격하고 2주 정도 제주도에 살더니 완
전히 합격하면 살러 갈 모양이다. 20대 후반, 30대 초반에 와
있는 친구와 나는 돌고 돌아, 저마다 자유를 찾아 지금 자리
에 서 있다. 나이도, 하는 일도 전부 다르지만 두세 곳의 직장
생활을 거쳐서 하고 싶은 자유를 찾아 현재에 있다는 점, 앞
날에 대한 불안함과 하루살이 같은 일상이 디폴트값이 되었
다는 점은 같다.

친구들과 나는 왜 안정 대신 불안을, 위태로운 하루살이
의 삶을 견디며 자유를 갈망하는 걸까. 그 자유란 대체 무엇

일까. 나는 외할머니를 함께 떠올리며 그 시절의 자유와 지금의 자유를 비교하는 것으로 조금이나마 그것에 관해 추측했다. 특별히 외할머니인 이유가 외가댁에 갈 적마다 손에 쌈짓돈을 쥐여 주셨기 때문만은 아니다. 일제강점기에 태어나 일본어를 읽고 쓰고 말하며 지냈을 할머니의 어린 시절, 할아버지의 평생의 반려자로, 7남매의 어머니로, 게다가 방앗간까지 운영하며 평생을 사셨을 할머니 앞에서 단 한 번도 분주함, 고단함을 느끼지 못했기 때문이다. 나도 방앗간을 하고 싶다. 외할머니처럼 평화롭게 살고 싶다. 어린 나는 할머니의 분위기를 사랑해 그분처럼 살고 싶다는 생각을 한 적도 있다. '그 시절에는 누구도 자유롭지 못했다, 보이는 것만 그럴 뿐이다' 하고 마음의 문을 닫아버리면 더는 할 이야기가 없다. 감옥에서도 커피 한 잔을 마실 자유가 있는데 그 시절이라고 추구하는 자유가 없지는 않았을 테니까. 지금은 돌아가셔서 자유에 관해 함께 이야기할 수 없지만 더 오래전에 태어난 사람이 정의한 자유의 기본 영역을 빌어 우리 할머니가 추구했을 자유를 짐작해본다.

밀은 자유의 기본 영역을 셋으로 나누었다. 첫째는 내면적 의식의 영역이다. 우리는 실제적이거나 사변적인 것, 과학 도덕 신학 등 모든 주제에 대해 가장 넓은 의미에서 양심

233

의 자유, 생각과 감정의 자유, 의견과 주장을 펼칠 절대적
인 자유를 누려야 한다.

— 유시민 지음, 『국가란 무엇인가』, 돌베개

살아 계실 적에 할머니는 매일 한 시간이 넘도록 엄마와
통화했다. 삼촌, 이모들도 마찬가지였다. 나이 40, 50이 넘어
서도 삶에 관해 논의할 일이 생기면 그들은 할머니에게 미주
알고주알 늘어놓았다. 그 모습을 보는 것만으로 나는 할머니
가 자기 의견을 분명히 가진 분이라는 걸 알 수 있었다. 어떤
관계에서든 복종이 있는 관계에서는 대화가 이어지기 어렵
다. 막힘없이 자기 생각과 감정을 자유롭게 이야기할 수 있
다는 건 평등한 관계 속에서, 그것을 추구하며 살았다는 것
을 말해준다.

둘째는 자신의 기호를 즐기고 자기가 희망하는 것을 추구
할 자유다. 사람은 저마다 개성에 맞는 삶을 설계하고 자
기 좋은 대로 살아갈 자유를 누려야 한다. 남에게 해를 끼
치지 않는 한, 다른 사람들의 눈에 어리석거나 잘못되거나
틀린 것으로 보일지라도, 그런 이유를 내세워서 간섭해서
는 안 된다.

— 유시민 지음, 『국가란 무엇인가』, 돌베개

234

할머니가 살아 계신다면, 아니 꿈에서라도 나는 이런 말을 듣고 싶다. '더없이 자유로운 세상에 살고 있잖니. 그러니 아가야, 불안해하지 말거라.' 여기서 자유란 두 번째 영역에 속하는 종류의 것이다. IMF 키즈*로 자란 나는 공동체보다 나 자신의 안녕을 우선한다. IMF를 소재로 한 영화 〈국가부도의 날〉을 보면 명징하게 알 수 있다. 어떤 사람은 IMF를 기회로 삼아 한순간에 부자가 되고, 어떤 사람은 믿었다가 운영하던 회사의 부도 위기를 맞아 몰락하는 장면을 통해서 말이다. 영화 마지막에 주인공은 20대가 된 아들에게 "그 누구도 믿지 말아라"라고 말한다. 나도 크는 내내 그 말을 들으며 자랐다. 다 함께 잘살 수 없다는 것을. 이 세상에는 잘사는 사람도 있고 못사는 사람도 있다는 것을. 처음부터 불평이 필요치 않은 생각들이었다. 부러움이나 부끄러운 감정은 일시적이었을 뿐, 분노로 바뀌기 전에 그 시기가 지나갔다. 오히려 나 자신에 초점을 맞추는 삶, 제한된 경제 여건에서 자유롭게 사는 방법에 대한 고민으로 10대, 20대 시절을 보냈다. 같은 세대는 아니지만 일본 소설가 무라카미 하루키의 시기와 비슷할지도 모르겠다.

빚을 갚기 위해 아침부터 밤까지 노동을 하느라 20대를 보낸 하루키. 그는 시간적으로나 경제적으로나 젊음을 즐길 여유는 없었지만 그 와중에도 틈만 나면 책을 읽었다고 회고

한다. 먹고 사는 게 힘들어도 독서는 음악을 듣는 것과 함께 그의 큰 기쁨이었기 때문이다.

하루키가 말하는 기쁨을 추구하느라, 밀의 두 번째 정의처럼 남에게 해를 끼치지 않는 선에서 내게 좋은 삶이 무엇인지 생각하고 그 방향으로 나아가기 위해 어제와 오늘의 할 일을 저울질하느라, 바쁘고 불안한 날을 보내고 있다. 이럴 때 할머니의 따뜻한 한마디가 들리면 눈물이 찔끔 나면서도 마음에 포근한 뭉게구름이 피어나 안심이 될 것 같다.

'현재의 일상에서 가장 자주 하는 생각은 무엇?' 그러고 보니 여태껏 나의 답이 없다. 아프지 않은 일상에서 내가 가장 자주 하는 생각은 '변함없음'이다. 오늘은 어제보다 더 좋은 글을 쓰고 싶다. 오늘은 어제와 다른 저녁을 먹고 싶다. 동시에 어제와 다르지 않은 변함없는 하루를 보내고 싶다. 글을 쓰는 것이 늘 한결같이 기쁨인 하루, 요리를 해서 누군가와 함께 나누는 것이 즐거움인 하루. 그것이 내가 바라는 자유, 자유를 생각하면서 소망하게 된 자유다.

*1997년 외환위기에 10대를 보낸 이들(안은별, 『IMF 키즈의 생애』).

나의 책상, 나의 서재

가을밤 열린 어느 파티에서 흥미로운 주제들이 거론되었는데 그 가운데 사형에 관해 토론하던 중, 한 은행가의 목소리가 높아졌다. 열띤 토론에 흥분해 있던 은행가는 화를 참지 못하고 자신과 반대의 의견을 내놓은 젊은 변호사를 향해 이렇게 퍼붓는다.

"당신이 독방에 5년 동안 들어가 있을 수 있다면 200만 루블을 상금으로 걸겠소."

이에 맞선 젊은 변호사는 치기 어린 발언을 내뱉는다.

"5년이 아니라 15년을 조건으로 내기에 응하겠소."

그렇게 젊은 변호사는 은행가의 집 정원에 지어진 바깥채 중 한 곳에서 15년간 감금된다. 바깥에 나올 수 없는 건 물론이고 살아 있는 사람들을 보거나 목소리를 들을 권리, 편지나 신문을 주고받을 권리도 박탈당한다. 만일 당신이 젊은 변호사가 되어 내일 감금될 방에 들어가야 한다면, 15년간 갇혀 있게 될 그 방에 꼭 가져갈 물건으로 무엇을 꼽겠는가. 죄를 짓지도 않았는데 내기를 위해 자발적 감금이라니? 그런데도 가지고 갈 물건을 고르라면?

나는 책상이다. 초등학교 4학년까지만 해도 집에 책상이 없었다. "공부해라" 하는 종류의 잔소리를 들은 기억이 없는 걸 보면 어린아이로서 책상의 필요성을 느끼지 못한 게 당연한데 물건의 필요는 꼭 용도에 의해서만 주어지지 않기 때문에 나는 갑자스레 책상의 필요를 부르짖었다. 친구 집에서 놀다가 돌아오는 날이 늘어나면서부터 집에만 돌아오면 책상투정을 부렸다.

"다른 애들 집에는 전부 있는데… 우리 집에만 없어…"
책상을 꼭 갖고 싶은 마음보다는 우리 집에만 없는 건 용납할 수 없다는 마음이 더 컸다. 그 마음은 무슨 말을 하던 울먹임을 섞어 낼 만큼 센 힘을 가진 것이었다. 5학년이 되고 드디어 책상이 생겼다. 밝은 오크 나무에 반짝반짝 니스 칠을 한 책상은 대학을 졸업하고 취업할 때까지 바뀐 적이 없다. 그때부터 줄곧 책상 있는 삶을 살았다. 집 밖을 나서면 도서관 책상이, 취직하고 나서는 사무실 책상이 내 책상이었다. 회사를 그만두고 프리랜서로 지내는 동안에는 자주 가는 카페 테이블을 책상 삼아 일도 하고 침 흘리며 잠도 자고 그랬다.

책상이 사라진 건 서점 일을 하면서부터다. 오픈하고 정신없이 몇 주를 보냈다. 분주함 덩어리들을 문밖으로 내보내고 차분한 마음으로 자리에 앉았는데 여전히 처리하지 못한 일들이 쌓여 있는 게 보였다. 처음에는 흐트러진 나의 마음가짐을 탓했다. 아무튼 시리즈의 첫 책『아무튼 서재』를 입고해 읽고 나서야 내 잘못이 아니라는 걸 알았다.

> 책상은 '나'라는 주체성의 기물적 상징이다. 독립된 인간은
> 반드시 자기만의 책상을 소유해야만 한다.
> - 김윤관 지음, 『아무튼, 서재』, 제철소

목수이자 이 책의 저자인 김윤관은 서재와 함께 사람이 책상을 소유해야 하는 이유에 관해 이렇게 말했다. 덧붙여 버지니아 울프의 선언을 빌려 "인간이 주체적으로 살아가기 위해서는 자기만의 책상이 있어야" 한다고도 말한다. 그제야 내 정신이 내 정신이 아닌 이유가 책상의 부재 때문이라는 걸 알게 되었다.

서점에 책상이 없었던 건 아니다. 허리까지 오는 높이에 팔꿈치 정도 폭을 가진 1.5명 정도가 함께 앉을 수 있는 길이의 책상이 있다. 계산대 바로 옆에. 독서실이었다면 문 열리는 소리, 발자국 소리를 차단하려고 이어폰이라도 꼈겠지만 여기는 그럴 수 없다. 그 소리는 다른 어떤 소리보다 중요하고 고귀한 소리, 손님이 들어오는 소리이니까. 그만큼 집중해서 무언가를 할 수 있는 시간은 허락되지 않는다. 몰입할 수 있는 나만의 공간이 없다는 괴로움, 주체적일 수 있는 공간을 잃어버린 설움, 초등학교 때와는 다른 이유로 책상의 필요가 절실한 시간이었다.

나와 다르게 다행히(?) 젊은 변호사는 책상을 가졌다. 그는 그 안에서 악기도 다룰 수 있었고, 책을 읽을 수도 있었다. 은행가는 젊은 변호사가 원하는 책과 악보와 술을 마음껏 지급해주었다. 그 정도면 15년의 감금을 버틸 수 있을까. 이쯤이면 궁금하지 않은가. 젊은 변호사가 200만 루블을 받았을지. 아니면 못 견디고 뛰쳐나왔을지. 결과는 체호프 단편선(안톤 파블로비치 체호프 지음, 박현섭 옮김, 『체호프 단편선』, 민음사)에 실린 단편 「내기」에서 확인할 수 있다.

이별주 대신 이별책

연인 사이의 헤어짐에 윤리가 있을까? 나는 나의 윤리를 다했다. 내가 원하는 사랑이 무엇인지 알고자 했고 그가 원하는 사랑이 무엇인지 알기 위해 애썼고 우리가 계속 잘 지내고자 한다고 믿었다. 그는 노력했고 나도 애썼다. 맞지 않은 것이 아니라, 타이밍의 문제가 아니라 자꾸만 어긋나는 서로를 감당하는 것이 어려웠고 감당할수록 힘들어하는 서로의 모습을 바라보는 게 힘에 부쳤다. 서툴고 방법이 잘못되었을지라도 감내하고 지켜봐 줄 수 있지만 그렇게 하기에 그에게는 다른 감당해야 할 것이 많았고 나는 아직 서툴고 충동에 살기를 바랐다.

헤어짐을 글로 적어 눈으로 읽고 머리로 이해하기까지 나는 많은 이들의 도움을 받았다. 순서대로 적어 보자면, 먼저 헤어진 직후에는 고등학교 수업 시간에 사회문화 선생님이 알려준 공식 '사랑하는 사람과 헤어지면 〈만난 시간 × (곱하기) 3〉의 시간이 지나야 비로소 조금 나아질 수 있다'를 기둥 삼아 견뎠다(7년 만난 여자친구와 헤어지고 몇 년째 솔로인 자신을 변호하려고 만들어 낸 공식이라는 생각이 든 건 시간이 한참 지난 후였다). 일방적인 건 너무 억울하니까. 상대도 나만큼 아프겠지, 힘들겠지, 잊지 못하겠지, 지금도 생각하겠지, 그렇게 생각하다 보면 관계가 아직 영원히 끝난 건 아니라는 위로를 스스로 건넬 수 있게 된다. 서로 연락만 없을 뿐 어떤 식으로든(아쉬움, 속상함, 미안함, 후련함…) 상대를 위해 시간을 보내고 있긴 한 거니까. 필멸의 존재에게 오래 기억되는 일만큼 의미 있는 건 없을지도 모른다. 착각이어도 상관없다. 그런 착각 하나로 슬픔을 견딜 수 있다면.

슬픔 이겨내기에 성공했다고 해서 일상으로의 복귀까지 가능해지는 건 아니다. '추억하느라 파산하는 건 누구나 마찬가지(문보영, 『사람을 미워하는 가장 다정한 방식』)'라는 시인의 말처럼 다음은 둘의 장소에 가서 그를 잊는 작업을 수행해야 한다. 이 과정에서 내가 도움받은 사람은 '심야 아르바이트생'

이다. 매일 같은 시간 둘이서 드나들던 단골 술집에 혼자 들어갔을 때, 마치 처음 보는 손님을 맞을 때의 표정으로 자리를 안내하고, "한 명이요"라는 나의 떨리는 목소리에도 아무 감정이 실리지 않은 대답 "네"로 나를 안심시키던 심야 아르바이트생. 덕분에 다음 날도, 그다음 날도 편하게 추억하고 또 추억하고, 그렇게 이별을 지나올 수 있었다.

마지막은 책이다. 이별해도 길을 잃을 일이 없어 다행인 책. 잠들긴 싫고 그냥 울고 싶을 때, 영화에 몰입하긴 귀찮고 새로운 문장은 버거울 때 나는 공지영의 에세이 『상처 없는 영혼』의 도움을 받는다. 아무 페이지나 펼쳐도 좋은, 나만 들리도록 소리 내 읽을 수 있는 책이다. 그날의 방 안 공기나 바깥 소음 데시벨에 따라 다르겠지만 읽다 보면 감정이 훅 일면서 울음이 터지는 대목이 있다.

'더 많은 자연들은 정말로 필요한 순간이 아니면 대개는 침묵하고 있'는데 나는 왜 이렇게 유난할까. '그를 행복하게 해주기 위해 재잘거렸던 영특한 지혜를' 나에게 쓰고 싶지 않고 여전히 그에게 쓰고 싶은데 이제는 기회가 없다…. 각자 다르겠지만 읽다가 잠시 시선을 멈추게 되는 문장이 있다면 거기엔 내 입장이 들어 있게 마련이다. 그 문장에 빗대어 내 입장을 정리하다 보면 머릿속에 뿌옇게 떠돌던 생각들이 하나둘 단어가 되고 문장이 되어 새로운 나만의 문장으로 태어난다. 그렇게 나만의 문장을 쓰게 되면 이유 없이 서러운 마음이 조금씩 괜찮아진다. 이유 없던 괴로움이 고개를 끄덕일 수 있는 것으로 바뀌면 그때부터 조금씩 일상이 가능해진다.

헤어짐을 들여다보는 건 어려운 일이다. 누구도 알려주지 않을뿐더러, 누구도 알려 줄 수 없는 그와 나의 영역의 일이다. 그래서 우리에게는 애쓰는 마음이 필요하다. '깊은 밤중 산속에서 무서운 것'을 '똑똑히 들여다' 본다는 건 정말이지 생각만으로도 오금을 저리게 하는 일이 맞지만 그게 우리 헤어짐의 윤리라면, 그렇다면.

우울함 처방전

우울을 모르고 살았다. 우울한 감정을 제어할 수 있는 습관이 생겼기 때문이다. 열다섯 살이 되던 해, 동그란 방문 손잡이 중간에 있는 똑딱 잠금 버튼을 기침 소리와 함께 눌러 잠그기 시작한 날부터 내 안에 종종 드리우는 음울한 마음을 물리치는 방법을 연구해왔다. 지금까지 그 방법이 통하지 않은 적은 없었다. 계획 세우기, 일기 쓰기, 훔쳐보기, 베껴 쓰기가 우울함을 물리치는 방법이다. 구체적인 실천 방법은 다음과 같다.

계획 세우기는 촘촘하게 시작해 느슨하게 끝난다. 하루,

한 주, 한 달 단위로 세울 때까지는 세밀한 계획이 가능하다. 이번 주에는 무슨 공부를 할지, 누구 집에 가서 놀지, 용돈을 모아서 어디에 쓸지 같은 것들. 1년, 3년, 5년, 10년 단위의 계획은 추상적이고 커리어 지향적이며 누구나 하고 싶어 하는 보편적인 것들로 채워진다. 대학원 진학을 위한 공부하기, 커리어 우먼으로 성공하기, 행복한 가정 꾸리기 같은 것들. 망하는 계획, 실망하거나 절망하는 계획을 세우는 사람은 없을 테니까. 그런 점에서 계획 세우기는 쓰면 쓸수록 내일을 살아갈 힘을 만들어 낸다.

> 행복한 기억은 전방대상피질에서 세로토닌을 증가시킨다. 잠들기 전에 행복한 기억을 한 가지씩 떠올려보라. 일기장에 써도 좋고, 그냥 그 기억을 반추하는 것도 좋다.
>
> – 앨릭스 코브 지음, 정지인 옮김, 『우울할 땐 뇌 과학』, 심심

일기 쓰기는 두 가지로 나눌 수 있다. 첫 번째는 잠자는 시간 빼고 깨어 있는 시간 전부를 기록하는 정량 일기다. 학교 시간표를 짜는 것처럼 몇 시부터 몇 시까지 무얼 했는지, 점심과 저녁은 누구와 무엇을 먹었는지 분 단위로 세세하게 기록한다. 생각보다 여유로운 하루를 보냈다면 내일은 좀 타이트하게, 반대로 살인적인 하루였다면 내일은 작은 일탈을

허락한다. 내 인생 내가 산다고 하지만 하루를 내 마음대로 보내기는 생각보다 어려운 가운데, 정량 일기는 내 삶을 내가 조절할 수 있도록 해준다.

> 모든 자발적 활동에서 개인은 세계를 자기 안으로 받아들인다. 그 과정에서 개인의 자아는 온전해지고 더 강해지며 더 탄탄해진다. 자아는 적극적으로 활동하는 만큼 강하기 때문이다.
>
> - 에리히 프롬 지음, 라이너 풍크 엮음, 장혜경 옮김, 『나는 왜 무기력을 되풀이하는가』, 나무생각

두 번째, 내가 보낸 하루를 보면서 그때의 상황을 묘사하는 일기를 쓴다. 방울토마토를 기를 때나 병아리 관찰 일기를 쓸 때처럼. '병아리가 지난주보다 몸이 두 배나 불었다. 내일은 더 큰 상자를 구해서 새로운 집을 만들어 줘야지. 모이도 더 사야 할 것 같은데 이번 주 남은 용돈은 0원이다. 모이는 어떻게 구하지? 오늘의 고민이다…' 병아리가 아니어도 내 일상의 한 장면을 관찰하다 보면 자연스레 그날의 감정이 드러나게 된다.

> 자신을 자각하고 자신과 자신의 실존적 상황에 대해 진술

하는 능력은 인간을 인간으로 만든다. 그리고 바로 그 능력이 인간 본성의 기본 요인이다.

- 에리히 프롬 지음, 라이너 풍크 엮음, 장혜경 옮김, 『나는 왜 무기력을 되풀이하는가』, 나무생각

오늘의 슬픔과 기쁨이 어디에서 왔는지 알 수 있게 된다. 이유 없이 몸이 아프고 기운이 없어 결국 폭식을 하게 되는 사람들이 많다. 정말 이유가 없는 걸까. 이유가 없는 것과 해결 방법이 없는 것은 다르다.

화가 났거나 슬프거나 불안하거나 스트레스를 받았을 때 지금 어떤 감정을 느끼고 있는지 알아차릴 수만 있다면 실제로 기분이 더 나아진다.

- 앨릭스 코브 지음, 정지인 옮김, 『우울할 땐 뇌 과학』, 심심

훔쳐보기는 정확히 말해 '일기 훔쳐보기'를 말한다. 최근에는 『카프카의 일기』를 열심히 훔쳐보고 있지만 그전까지 나에게 자극제가 되던 건 『콩숙이의 일기』였다. 1991년~1992년에 출간된 세 권의 사적인 일기를 아직 소장하고 있는 이유는 사실 명확히 말하기 어렵다. 웹툰 형식으로 되어있지만 만화가 들어갈 자리에 콩숙이와 가족들 사진으로 채워져 있다. 예

를 들면, 판사 옷을 입은 콩숙이가 판결 봉을 내리치는 사진이 있고 아래는 이렇게 '사람을 너무 성급하게 판단하는 것이 그 사람을 나쁘게 만들 수도 있는 상당히 위험한 일이라는 것을 원석이를 통해서 알았어'라고 쓰이는 식이다. 콩숙이의 일기에 단단히 빠진 나는 고등학교에서 만난 '원석'이라는 이름의 남자아이를 보며 그 원석이가 아닐까 심각하게 고민한 적도 있었다. 나중에서야 책 속의 콩숙이를 비롯해 그 친구들이 나보다 대여섯 살이 많다는 걸 알게 되었다. 모든 일기가 그런 건 아니다. 내 경우에는 내가 쓰고 싶지만 쓰지 못한 일기를 대신 쓰는 사람들. 콩숙이, 그리고 몇몇 시인의 글만이 그렇다. 그들이 바로 내 일상을 자극하는 사람들이다.

마지막으로 베껴 쓰기는 단순 노동을 함으로써 무념무상을 할 수 있도록 도와준다. 비슷한 것으로 정리하기가 있다. 어릴 때는 주로 한자나 책 표지에 있는 글자를 베껴 썼다. 베껴 쓰기는 내게 그리기와 같다. 미술 과목에서 '양'을 받은 이후로 그림에 대한 두려움이 생겨 실제로 그림을 그리는 시도는 중도에 그치게 되었다. 대신에 한자나 글자, 즉 폰트 모양을 따라 그리는 게 나의 베껴 쓰기가 되었다. 그렇게 점차 글자를 베껴 쓰다 책을 필사하기까지 이르렀다. 선생님은 늘 외워질 때까지 영어 단어나 수학 공식을 공책에 쓰라고 했지만 베껴 쓴다고 해서 반드시 외워지는 건 아니다. 그랬다면 김애란과 무라카미 하루키의 소설을 몇 권씩 베껴 쓴 나는 그들 같은 글을 쓸 수 있어야 하지 않는가. 나에게 베껴 쓰는 건 의식이 무의식이 되는 그 순간을 위해, 무념무상을 위해 존재하는 일련의 시간일 뿐이다. 원하는 것 하나를 채우기 위해 나머지 잡념들은 비워내는 훈련의 시간이다.

계획 세우기, 일기 쓰기, 훔쳐보기, 베껴 쓰기. 그렇게 적당히 모른 체 살고 있다. 사춘기 시절 이래로 되풀이되는 우울함을. 필요할 땐 과학적인 방법을 동원해 가면서. 우울함은 누구에게나 언제든 찾아올 수 있다. 무조건 절망하기보다는 위의 실천 방법 중 나에게 맞는 것부터 차근히 다가가 보는 것은 어떨까.

표류 중인 우리들

현재를 사는 우리는 표식을 찾지 못한 채 표류 중이다. 몇 년 전, 한 매체에서 일할 때 〈나랑 학식 먹을래〉라는 인터뷰 코너를 기획한 적이 있다. 메일로 자신의 현재 고민과 함께 학교, 이름, 연락처를 보내면 내가 직접 그 학교에 찾아간다. 학생과 나, 둘이서 학생 식당의 밥을 먹으며 고민 상담을 하는 코너였는데 반응이 꽤 좋았다. 숙명여대 학생의 '롱디' 연애 고민을 시작으로 학업, 진로, 짝사랑 등 내가 대학생일 때와 비슷한 주제로 인터뷰를 시작하지만 끝까지 들어보면 조금씩 달랐다. 원하는 건 있는데 어떻게 이뤄야 할지 몰라 고민하는 사람들이 나와 내 친구들이었다면 그때 인터뷰한 친구들의 고민은 주로 자신이 원하는 것을 어떻게 찾을 것인가 하는 것이었다. 하루는 미대에 다니는 친구를 만나러 갔는데 그 친구의 고민은 이랬다.

"미대 나와서 뭐 먹고살죠? 그리고 그 많던 예술대학 선배들은 전부 어디에 있는 거죠?"

중학교 3학년 때 갑자기 그림 그리는 게 좋아진 그 친구는 아침 9시부터 저녁 9시까지 도시락을 싸 들고 다니면서 그림을 그렸다. 예고에 합격하고 숨을 돌린 것도 잠시, 대학에 입학하기 위해 새벽 6시부터 공부와 그림 그리기에 열을 올렸다. 그렇게 미대에 도착했는데… 그때부터 정말 막막했다고 한다. 그림을 계속 그리며 작가 활동을 해야 할지, 대학 이후에 먹고 사는 걱정으로 사회생활을 준비해야 하는지 갈림길에 섰다는 것이다. 선배들이 있다면 그들을 보며 이런저런 길을 찾아볼 텐데, 처음부터 작가를 자처한 선배들 외에는 전부 어디론가 사라졌다. 미대를 졸업하고 일반 회사나 영화, 음악 등 다른 분야에서 활동하고 있는 선배들은 만날 기회가 거의 없었다. 1학년 때부터 닥치는 대로 대외활동이나 봉사활동, 미술학원 아르바이트를 하며 어렴풋이 '취업 준비'라는 건 하고 있지만 늘 불안하고 왜 하는 걸까 싶을 때가 많았다고 했다.

번잡한 학생 식당에서도 조곤조곤 자신의 이야기를 하는 미대 친구를 보며 똑부러지는 친구라고 생각하면서 다른 한편으로는 많이 지쳐있구나, 다독여주고 싶었다.

그리고 그날, 회사로 돌아오자마자 인터넷에서 미대 출신의 연예인, 기업인을 찾아보며 표류 중인 그 친구에게 어떤 선배의 이야기를 들려주면 좋을까 고민했지만 유명인들의 이야기라는 게 대부분 그렇듯 전부 비현실적인 것뿐이었다. 너무 먼 존재처럼 느껴질 게 뻔했다. 다행히 회사에 친한 동료가 미대를 졸업한 게 생각이 나 조언을 구했는데 자신도 대학생 때 그 친구처럼 표류 중이었는데 얼떨결에 지금 이 자리에 온 거라며 체계적으로 말해줄 게 없다고 했다. 더욱이 이제는 '이직'에 대한 생각으로 또다시 표류 중이라고.

그렇다. 인생의 특정 시기마다 해야 하는 고민거리가 몇 년 사이에 기하급수적으로 늘었다. 취업 이후에는 이직이라는 코스가 기다리고 있고 동시에 연애와 결혼, 그리고 출산까지. 물론 모두 달성해야 하는 과업은 아니다. 말 그대로 '고민'을 해볼 만한 대상이라는 건데, 어쩌면 꼭 해야 하는 게 아니라는 점 때문에 고민을 시작하기조차 쉽지 않은 상황이 되어가고 있는 건 아닐까 하는 생각을 요즘 특히 자주 한다. 원할 수 있는 것이 너무 많아진 세상 탓일까.

언젠가 미대 친구를 다시 만난다면 시 한 편을 선물하고

253

싶다. 로렌스 티르노의 「잠 못 이루는 사람들」이다. 이 시에는 온갖 문제와 고민에 처한 사람들의 이야기가 등장한다. '아이를 낳지 못하는 여자와 따로 연애하는 남편, 성적이 떨어질 것을 두려워하는 자식과 생활비가 걱정되는 아버지, 사업에 문제가 있는 남자와 사랑에 운이 없는 여자…' 그들은 공원에 모여 각자에게 서로의 이야기를 들려주고자 한다. 우리도 이 시처럼 해보면 어떨까. 공원이 없다면 동네 놀이터라도 괜찮다. 잠 못 이루는 모두가 나와서 서로의 이야기를 한바탕 주고받으면 적어도 혼자라는 생각은 떨쳐버릴 수 있지 않을까. 표류 중인 건 나뿐 아니라 '우리들'이라는 생각만으로도 충분히 위로받을 수 있지 않을까.

'이직'이라는 선택지

일본에서는 일찍이 표류하는 사람들의 이야기를 엮은 책이 있다. 제목부터 『직업표류』다. 책에 등장하는 8인의 인터뷰는 2, 3년에 걸친 이야기다. 8명은 모두 저자 이나이즈미 렌과 동갑인 1979년생으로 일본의 취업 빙하기를 지난 세대다. 이 시기는 1990년대 중반부터 2000년대 초반까지인데 흥미롭게도 한국의 '고용 절벽'과 10년의 차이를 갖는다. 분명 나보다 열 살 많은 사람들의 이야기인데 읽을수록 하루에도 수십 번씩 생각이 바뀌는 나와 너무도 닮았다.

사람들은 어떤 때 이직이라는 길을 선택할까?

- 이나이즈미 렌 지음, 이수미 옮김, 『직업표류』, 샘터사

내가 묻고 싶은 질문이다. 상사 때문에, 급여나 커리어, 불안정한 미래 때문에…. 일반적인 답은 정해져 있겠지만 그게 심장에 닿으려면 고민의 과정이나 깊이, 이직의 과정이 담긴 한 사람의 이야기가 필요하다. 그런 의미에서 8명 중 한 명인 후지카와 유키코의 이직 표류기를 소개한다.

대학교 2학년 때 캐나다 연수를 하면서 처음 '광고'에 호기심을 갖게 된 후지카와. 자신도 모르는 사이 광고가 인생의 키워드가 되어버린 그녀는 수십 차례 불합격 통보 끝에 가까스로 중견 광고대행사에 합격한다. 입사 후 1년은 광고대행사에서 마케팅 조사를 하며 즐겁게 보냈다. 그리고 기회인지 불운인지 어느 날 제조회사 해외 영업부로 파견을 가게 된다. 원치 않은 발령으로 1년 반 동안 파견된 기업에서 일하게 된다.

꿈의 직장이었던 광고대행사에서 홀로 떨어져 나와, 다른 직장에서 고투하고 있다는 사실이 그저 분했다. 회사에 대한 혐오감이 문득 치밀어 올랐다. 자기도 모르게 '반드시 그만두고 말 거야'라고 속으로 중얼거렸다.

- 이나이즈미 렌 지음, 이수미 옮김, 『직업표류』, 샘터사

그리고 얼마 지나지 않아 그녀는 마음먹은 대로 회사를 그만두고 대형 광고대행사로 이직한다. 취업 준비생 시절부터 그리던 곳이었다.

대부분 인터뷰는 여기에서 끝이다. 하지만 이 책의 인터뷰는 지금부터가 시작이다. 진짜 꿈에 그리던 곳에 들어간 이후! 처음 몇 달간 그녀는 규모가 큰 조직의 체계적인 일 처리 방식에 만족했다. 비록 합격 통보를 받고 나서 5년 계약직이라는 걸 알게 됐지만 결혼과 출산을 생각해보면 나쁘지 않은 조건이라고 생각했고, 있는 동안 열심히 하자는 각오로 일했다. 그리고 2년이 지난 어느 날, 계약 연장을 위한 면담 자리에서 그녀의 상사는 정사원에 도전해볼 것을 제안한다. 그녀는 '하겠습니다' 하며 반사적으로 내뱉었지만 생각지 않던 제안이라 그날부터 생각이 많아진다.

> '이렇게 바쁜 시간은 5년으로 충분해. 아이가 태어나면 밤 늦게까지 일할 수 없을 테니 시간적으로 여유 있는 직장으로 옮기는 게 낫겠어.'
>
> – 이나이즈미 렌 지음, 이수미 옮김, 『직업표류』, 샘터사

꿈에 그리던 곳에 어렵사리 들어갔는데 다시 이직을 고민하는 그녀. 사실 2년이 지나는 동안 그녀에게는 큰 변화 한 가

지가 있었다. 그것은 다름 아닌 광고에 대한 동경이 사라졌다는 것이다. '이 일 아니면 안 된다'가 사라지고 나자 그녀의 생활은 많은 것이 변했다. 해야 하는 일은 하지만 그 이상은 안하는 사람이 되고자 했다. 그런 상황에서 정사원 제안을 받았으니 심란할 수밖에. 저자는 2년 만에 후지카와를 만나 이런 이야기를 듣게 되었고, 후지카와 역시 2년 전과 다른 이야기를 하는 자신의 모습에 스스로 혼란스러워 하는 것 같았다.

"말은 그렇게 하면서 열심히 하게 되는 이유가 뭘까요? 결국 육아 수당까지 받아 가면서 기를 쓰고 일할지도 몰라요. 혹시 지기 싫어하는 성격 때문일까요? 대학 동창 중엔 해외로 나가서 멋지게 활약하는 친구도 있고, 이번에 좋은 곳으로 이직해 열심히 경력을 쌓는 친구도 있어요. 학창 시절에는 모두 비슷한 가능성과 잠재력을 갖고 있었겠죠. 몇 년 후 일을 그만둔 내가 잘 나가는 친구를 보고 '아아, 나도 열심히 할걸'하고 후회한다면 얼마나 괴로울까요? 그런 두려움이 늘 가슴 한구석에 있어요." 그녀는 눈앞에 놓인 가능성이 클수록 잃을까 봐 두렵다고 했다.

- 이나이즈미 렌 지음, 이수미 옮김, 『직업표류』, 샘터사

인터뷰 내내 오락가락하는 그녀를 보며 나 역시 고개를

끄덕였다. 우리에게는 늘 두 가지의 선택지가 주어지고, 어떤 선택이 더 나은지는 선택하지 않는 이상 알 수 없으니까. 더욱이 새로운 것이라면, 가능성이 크면 클수록 인간에겐 마약 같은 매력으로 느껴질 수밖에. 그런 점에서 저자 이나이즈미 렌의 말은 새겨둘 만하다.

> 가능성이 준비되었다면 그것을 버리기는 어렵다. 훗날 그 길을 가지 않은 자신이 그 길을 갔을 자신을 상상하는 것만큼 견디기 힘든 게 또 있을까.
>
> - 이나이즈미 렌 지음, 이수미 옮김,『직업표류』, 샘터사

나를 두 번 탈락시킨 사람

어떤 책은 너무 재미있어서 다 읽기도 전에 친구에게 소개하고 싶어진다. 또 어떤 책은 내 안에 있었는지도 몰랐던 글쓰기 욕구를 불러일으킨다. 드물지만 읽으면서 편지를 쓰도록 부추기는 책도 있다. 편지의 대상이 저자인 경우다. 사람이 정말 이럴 수 있나요, 이게 말이 되나요, 와 같은 해명을 필요로 하는 것일 테고, 지난 나의 인연이라면… 이것 봐요 이런 사람도 있잖아요, 나만 그런 게 아니라고요, 하는 해명의 편지일 것이다. 후자의 이유로 나는 한 사람에게 편지를 썼다. 나를 두 번 탈락시킨 한 사람에게.

잘 지내시죠. 오랜만에 장문의 소식을 전해요. 저는 요즘 책이랑 지내요. 얼마 전에는 책 좋아하는 두 분과 함께 서점을 만들기도 했고요. 나이도 경험도 경제력도 두 분에 비하면 턱없이 부족하지만 당신이 늘 말해준 지치지 않는 체력과 마르지 않는 호기심, 저에게는 그런 무기들이 있었으니까요. 일과 삶의 분리를 좀처럼 해내지 못해 허우적거리는 나에게 이번에는 일과 일상이 일체되는 삶을 보여 주고 싶은 마음도 있었어요.

면접관으로 내 앞에 앉은 당신을 처음 보았을 때 했던 생각이 뭔지 아시나요? 배 나온 아저씨들만 보다가 대학 선배쯤 되어 보이는 당신이 낯설었어요. 보통 이십 분이면 끝나는 면접을 한 시간 넘도록 하니 딴생각을 안 할 리 없지 않겠어요? 집요한 질문들이 이어질 때 속으로 이런 생각을 했어요. '저 사람, 과연 퇴근은 하는 사람일까.' 제가 그렇게 될 거라고는 예상하지 않았어요. 사실 당신처럼 삶과 일을 동일시한다는 게 일반 직장에서는 불가능한 것 같기도 하고요. 동료들에 둘러싸인 곳에서는 적당히 일하고 적당히 쉬지 않으면 착취의 표본이 되곤 한답니다. 저는 늘 착취당하는 사람 쪽에 있었어요. 생각하고 말하지 않은 일도 일어날 수 있다는 걸 배운 거라 혼자 생각했어요. 왜 이렇게 되었을까요. 어느 책에서는 이렇게 해석하더라고요.

국가기관과 광범위하게 관련된 사업 덕분에 무척 번창하는 회사에 소속된 한 지인이, 최근에 내 수입이 보잘것없음을 알고는 이런 말을 했다. "소아레스, 당신은 착취당하고 있는 겁니다." 그 말은 내 기억 속에 남았고, 그래서 나는 곰곰이 생각해보았다. 우리의 삶이 어차피 착취당하는 구조일 수밖에 없다면, 섬유상인 바스케스에게 착취당하는 편이 허영심과 명예, 경멸과 질투 혹은 불가능에게 착취당하는 것보다 덜 비참하지 않겠느냐고.

– 페르난두 페소아 지음, 배수아 옮김, 『불안의 서』, 봄날의책

이 글에 나오는 섬유상인 바스케스는 정의감 있는 사장이에요. 그러니까 일이라는 것이 어차피 착취당하는 구조인데 그럴 바에야 정의감 있는 사람과 함께하겠다 이거죠. 페소아의 표현에서 과격을 삭제하고. 어차피 일과 삶을 분리할 수 없는 구조라면, 착취라고 말하지 않도록 내 일이자 삶인 곳에서 일과 삶을 나눌 수 있는 사람들과 함께하는 게 낫겠다 생각이 들었어요. 당신에게 연락할 수도 있었겠지만 이제는 스파르타 조직보다는 유연한 곳에서 책을 상대하는 삶이 더 좋아요. 그리고 나이가 들어서도 책을 읽고 소개하는 할머니가 된다면 얼마나 재미있겠어요.

그렇게 서점 언니로 지냈어요. 근처에 사는 동네 주민, 커

피 마시러 멀리서 찾아오는 대학생, 책이 좋아 서점을 탐방하는 활자 중독자 친구들에게 책을 건네는 서점 언니요. 미술관 큐레이터처럼 북 큐레이터라고 이름도 붙였어요. 한국에선 아직은 생소한 직업이지만 어느 신문 기사에서 본 바로 일본에는 평생 책을 추천해주는 일을 하는 할아버지도 있다고 하니 새로 생긴 직업이라고 보기도 어렵지 않을까요. 제가 할머니가 될 즈음이면 인터넷 방송하는 친구들처럼 선망의 직업이 될지도 모르는 일이고, 그때까지 아무것도 아니면 제가 직접 인터넷 방송으로 책을 추천하는 할머니가 될 수도 있는 거고요.

자주는 아니지만 일하다 보면 가끔 당신이 생각나요. 면접에서 떨어진 이유를 말해주는 면접관은 잘 없을 테니까요. 책을 열심히 소개하는 만큼 사람들이 사지 않고 돌아가는 날, 내 성향과 취향이 보편적이지 않아 우리 회사에는 어울리지 않을 거라는 당신의 말을 떠올리게 돼요.

한 번은 이런 적이 있어요. 서점 문을 연 지 한 달 즈음 단골이 생겼어요. TV에서나 보던 배우가 일하던 서점의 단골이 되었어요. 집이 성북동이고 아침마다 아이를 어린이집에 데려다준 후에 서점에 와서는 라떼 한 잔을 시켜놓고 한 시간 정도 책을 읽고 조용히 돌아가요. 하루는 책을 추천해달라고 해서 평소 좋아하던 소설 하나를 꺼내 들고 신나게 설명했어요. 배우는 그 책을 사 갔어요. 2주가 지나 동료에게 "지금쯤이면 다 읽었을 텐데 촬영하느라 바쁜가…" 말하며 기다렸지만 배우는 그 후로 서점에 오지 않았어요. 다른 이유가 있겠지, 핑계를 만들어 냈지만 종착지는 늘 그렇듯 나의 문제로 끝이 났어요. '그래, 내 취향이 그렇지 뭐….'

그 일이 있고 '보편적 취향'을 찾으러 떠났어요. 읽던 책은 잠시 내려두고 신간, 베스트셀러, 문학상을 받은 책, 아이들이 즐겨 보는 책을 사무적으로 읽어 나갔죠. 웃기죠. 보편적 취향. 취향이라는 게 '남과 구분할 수 있는 다름' 위에 '나의 좋음'을 얹은 것일 텐데 보편적 취향이라는 말을 하는 것이 스스로도 납득이 잘 안 됐어요. 다행히 이후에 추천하는 책의 판매 빈도가 늘었지만 저는 그전보다 생기를 잃어갔어요. 좋아서 시작한 일인데 '해야 하는 일'을 하고 있다고 생각하니 의무감이라는 군살이 들러붙는 것 같았죠. 굳이 없어도 되는 살인데 군데군데 들러붙어 피로를 만들어내요. 당신은 면접에서 저의 이런 모습을 보았던 걸까요, 궁금해요.

경제경영서만 읽을 것 같은 당신은 어떤가요. 책을 고를 때 어느 부분부터 읽어 보나요? 어떤 사람은 책 표지를 보고 아무 페이지나 펼쳐 한 페이지를 정독한대요. 읽어보고 군더더기 없이 잘 읽히면 그 책을 산다고 해요. 읽는 맛이 중요한 사람이겠죠? 소설을 주로 읽는 어떤 이는 약간은 무식한 방법이지만 100쪽까지는 재미를 막론하고 일단 읽어요. 그 정도 되면 끝까지 읽어야 할지 아닌지 판단이 선다고 해요. 저도 그런 편인 것 같아요. 쓰는 사람의 노고를 생각해서라도 읽게 돼요.

소설이 아닌 책은 달라요. 맨 먼저 표지를 펼쳐 왼쪽 날개에 저자 소개를 천천히 읽어요. 이력과 함께 자연스레 그 사람의 삶의 기준 같은 걸 보는 거예요. 신간이 많이 들어온 그날도 이 날개 저 날개를 살피던 중이었죠. 『이기적 감정 정리법』이라는 책의 날개가 유난히 눈에 들어왔어요.

> 저자(이지혜)는 명문대에 재학 중인 우등생, 공부에 관심없는 꼴찌, 앞이 보이지 않는 장애아, 이렇게 재능과 기질이 서로 다른 세 아이를 키우며 마음공부에 관심을 갖게 되었고 자신의 마음을 깊이 들여다보게 되었다.
>
> – 이지혜 지음, 『이기적 감정 정리법』, 다른상상

재능과 기질이 다른 세 아이를 키우는 엄마. 그의 이기적 감정 정리법. 보편이라는 기준에 부합하진 않았지만 개인적 취향의 이유로 오전 내내 그 책을 붙들고 있었어요. 그리고 오후가 되어 마치 운명처럼 손님 한 분이 제게로 다가왔어요. 50대로 보이는 여성분이셨어요. 책을 정리하고 있는 제게 슬그머니 오시더니 서점 풍경이 예쁘다는 칭찬과 함께 책을 추

천해 달라면서요.

"안녕하세요~ 요즘에 주로 어떤 책 읽으세요?"

"에세이 좋아해요. 상담이나 심리 분야도 공부 중이고요."

활기찬 빨강머리 앤의 모습을 보는 것 같았어요. 이번에는 테이블에 앉아 있는 아들을 가리키며,

"저기 앉아 있는 아들이랑 같이 대구에서 왔는데 아들이 시각 장애가 있어요. 그런데 엄마가 책 좋아한다고 서점에 같이 와줬어요. 아 참, 서점은 서울에서 일하는 딸이 알려줬어요. 엄마가 책 좋아한다고."

"제가 생각난 책이 있는데요…."

하며 오전에 읽은 책을 소개했어요. 맙소사. 이 책을 주문하지 않았다면 얼마나 후회했을까 하는 생각이 들었죠. 그 손님은 본인에게 꼭 필요한 책인 것 같다며 책을 살피더니 곧장 계산대로 가셨어요. 독자의 시선에서, 독자의 경험에서 다가가려고 한 행동이 제게 의미 있게 돌아오는 것 같았어요. 보편이라는 압박에 들러붙던 군살들이 한 번에 제거되는 기분이었어요.

오늘도 이렇게 배워요. 좋아하는 일을 하는 이유를요. 좋아하는 건 싫어졌더라도 다시 좋아질 수 있어요. 적은 노력으로, 작은 시도로 충분히 회복할 수 있어요. 어차피 좋아하는 것도 일이 되면 싫어질 텐데, 쉬운 일이나 잘하는 일을 하는 게 낫지

않느냐고 말하는 사람들에게 변명을 늘어놓는 것도 꽤 지쳤는데, 이제는 주머니에 넣고 다닐 문장 하나쯤은 생겼어요.

'좋아하는 일을 하면 싫어져도 금방 회복할 수 있어. 회복할 수 있는 방법의 반(좋아하니까)은 이미 내가 가지고 있으니까. 그래서 난, 좋아하는 일을 해.'

당신 인생의 한 문장은 무엇인가요?

2019. 12.

한 주에 한 문장,
문장 큐레이션 52선

서점에서 읽고 소개한 문장,

서재에서 오랜 시간 곁에 있던 문장 중

나에게 좋은 것을 골랐습니다.

소설, 시와 에세이, 독립출판물과 동화를 포함해

무겁지 않게 읽을 수 있는 교양,

깊은 사색에 빠지기 좋은 인문 분야까지

크게 4가지 분야로 구분하였습니다.

한 주에 한 문장, 혹은 한 권씩 차근히 읽어주세요.

이 문장들이 제 마음을 다독여준 것처럼,

살면서 단 하나의 문장이 필요할 때

당신을 지켜주면 좋겠습니다.

소설

나는 어제 일어난 일은 생각 안 합니다. 내일 일어날 일을 자문하지도 않아요. 내게 중요한 것은 오늘, 이 순간에 일어나는 일입니다.

- 니코스 카잔차키스 지음, 이윤기 옮김, 『그리스인 조르바』, 열린책들

가장 중요한 사람들은 의외로 생의 초반에 나타났다. 어느 시점이 되니 어린 시절에는 비교적 쉽게 진입할 수 있었던 관계의 첫 장조차도 제대로 넘기지 못했다.

- 최은영 지음, 『쇼코의 미소』, 문학동네

그는 자신의 삶이 복잡해지지 않도록 무척 조심해 왔다. 그런데도 삶은 어느 것 하나 그에게 감동을 주지 않았다.

- 어니스트 헤밍웨이 지음, 김욱동 옮김, 『깨끗하고 밝은 곳』, 민음사

"넌 내 눈부신 친구잖아. 너는 그 누구보다도 뛰어난 사람이 되어야 해. 남녀를 통틀어서 말이야."

- 엘레나 페란테 지음, 김지우 옮김, 『나의 눈부신 친구』, 한길사

완벽한 건 그다지 매력이 없잖아. 우리가 사랑하는 건 결점들이지.

- 존 버거 지음, 김현우 옮김, 『A가 X에게』, 열화당

"당신이 독방에 5년 동안 들어가 있을 수 있다면 200만 루블을 상금으로 걸겠소."

- 안톤 체호프 지음, 박현섭 옮김, 『체호프 단편선』, 민음사

7 그때는 언니가 되게 언니처럼 느껴졌는데 이제 저도 서른이네요. 그사이 언니에게도 몇 줄로는 요약할 수 없는 시간들이 지나갔겠죠?

– 김애란 지음, 『비행운』, 문학과지성사

---

8 지난 일들을 이해해보겠다는 마음으로 기억들을 샅샅이 살펴본다고 하더라도 우리가 알아낼 수 있는 진실은 거의 없다.

– 김연수 지음, 『나는 유령작가입니다』, 문학동네

---

9 이처럼 사랑스러운 사람이 눈앞에서 얼씬거리고 있는데, 손을 뻗칠 수가 없을 때 어떤 심정이 되는지 신만이 알 것이다. 손을 내밀고 붙잡는 것은 인간의 가장 자연스러운 충동이다!

– 요한 볼프강 폰 괴테 지음, 박찬기 옮김, 『젊은 베르테르의 슬픔』, 민음사

---

10 오랫동안 나는 그 일을 생각해왔다. (중략) 나는 너를 이해할 수 있어. 컴컴한 모퉁이에서 그 말을 들은 순간 나는 깜짝 놀랐다. 이 사람이 이해할 수 있다는 나를, 나는 왜 이해할 수 없는가. – 황정은 지음, 『아무도 아닌』, 문학동네

---

11 우리는 또한 '호두를 많이 먹는다'라고 쓰지, '호두를 좋아한다'라고 쓰지는 않는다. 왜냐하면, '좋아한다'는 단어는 뜻이 모호하기 때문이다. 거기에는 정확성과 객관성이 부족하다.(중략) 첫번째 문장은 입 안에서의 쾌감을 말하지만, 두 번째 문장은 감정을 나타낸다. – 아고타 크리스토프 지음, 용경식 옮김, 『존재의 세 가지 거짓말』, 까치

---

12 "낙찰 받지 못하더라도 젊은 건축가들이 이쪽이 더 좋았을 거라고 생각할 만한 것으로 만들고 싶네. 건축가가 죽은 뒤에 완성되는 건물도 있으니까 말이지."

– 마쓰이에 마사시 지음, 김춘미 옮김, 『여름은 오래 그곳에 남아』, 비채

---

13 아버지와 엄마. 나는 그들과 한집에서 이십 년간 함께 살았지만 두 사람의 진짜 관계에 대해서는 아무것도 몰랐다. (중략) 우리가 질서를 연기하는 한, 진짜 삶은 아무도 눈치채지 못한다.

– 정한아 지음, 『친밀한 이방인』, 문학동네

---

14 아니요. 싫습니다. 안 하고 싶습니다. 그녀는 거절의 말들을 떠올렸다. 자신을 보호해야 할 때 단호히 뱉을 수 있도록 연습해야겠다고 다짐하면서.

– 한정현 지음, 『줄리아나 도쿄』, 스위밍꿀

○ 소설 ○

교양

가능성이 준비되었다면 그것을 버리기는 어렵다. 훗날 그 길을 가지 않은 자신이 그 길을 갔을 자신을 상상하는 것만큼 견디기 힘든 게 또 있을까.
- 이나이즈미 렌 지음, 이수미 옮김, 『직업표류』, 샘터사

조금 불편할 뿐이야. 그뿐이야. 그러니까 힘내라는 말, 미안하다는 말하지 말아줘. 다른 사람들은 몰라도 네가 날 불쌍하다고 생각하지 않았으면 좋겠어.
- 미바, 조쉬 프리기 지음, 『셀린&엘라 ; 디어 마이 그래비티』, 우드파크픽처북스

"일생을 두고 지금과 같이 나를 사랑해 주시오. 그림 그리는 것을 방해하지 마시오. 시어머니와 전실 딸과는 별거케 하여 주시오."
- 나혜석 지음, 장영은 엮음, 『나혜석, 글 쓰는 여자의 탄생』, 민음사

"휴가를 내면 떠날 수 있지 않나?"
"휴가 물론 쓸 수 있다. 다만 그럼 월세를 못 낸다."
- 브로드컬리 편집부 지음, 『서울의 3년 이하 퇴사자의 가게들』, 브로드컬리

저희가 이야기하는 장르의 음악을 좋아하지 않거나 잘 모르는 사람들도 매력적으로 느낄 수 있는 상품을 만드는 브랜드가 됐으면 해요. - 페이보릿 편집부 지음, 『페이보릿 vol. 3』, 페이보릿

우리가 있는 곳이 밑바닥도 아니고 그렇다고 꼭대기도 아니니 우리는 지금 중간쯤에 있는 것이겠지, 뭐.
- 트리나 폴러스 지음, 김석희 옮김, 『꽃들에게 희망을』, 시공주니어

21 '문지방을 넘다' 또는 '문턱을 넘다'는 새로운 국면이 열리거나 이전에 없던 새로운 상황을 맞는다는 의미다. (중략) 최근엔 아파트가 확산되고 생활이 서구화되면서 자연스럽게 사라지는 추세지만, 문지방은 물리적·심리적으로 장소와 장소를 구분하는 경계였다.

- 감씨(garmSSI) 편집부 지음, 『감 06 바닥재』, 감씨

---

22 "고객들의 가장 기본적인 권리를 방해하는 장애물을 없애는 것이 저희의 의무라고 생각해요. 고객들에게는 매우 친절한 커피 전문가가 만드는 맛있는 커피를 즐기는 것이 중요한 화두죠." by. '블루보틀' 창업자 제임스 프리먼

- 드리프트 코리아 편집부 지음, 『드리프트(DRIFT MAGAZINE) vol. 7』, 아이비라인

---

23 '정리'와 '정돈'의 의미를 엄격하게 구분하는 것도 기획을 세우는 사람에게는 매우 중요한 일이다. '정리'는 필요 없는 것을 버린다는 뜻이다. (중략) '정돈'은 정리해서 남긴 것들 중에 필요한 것을 바로 꺼낼 수 있도록 인덱스를 붙인다는 뜻이다.

- 마스다 무네아키 지음, 백인수 옮김, 『라이프 스타일을 팔다』, 베가북스

---

24 내 눈앞에서 어깨를 떨며 울고 있는 이 할머니는 분명히 살아 있는 사람인데 서류 상엔 존재하지 않는 죽은 사람이야. 그렇게 강녕때기 할머니는 딸로 태어난 죄로, 배우지 못한 죄로, 올바르지 못한 부모 밑에서 자란 죄로 생과 사의 경계에 설 자격조차 가져본 적 없게 되었어.

- 원도 지음, 『경찰관속으로』, 이후진프레스

---

25 그때의 나는 막연하게나마 그녀를 따라가고 싶었던 것 같다. 나와 닮은 누군가가 등불을 들고 내 앞에서 걸어 주고, 내가 발을 디딜 곳이 허공이 아니라는 사실만이라도 알려 주기를 바랐는지 모른다.

- 최은영, 『아주 희미한 빛으로도』, 『릿터 vol. 16』, 민음사

---

26 한 가지 목표는 백 명의 사람에게 '백 년 후에도 종이책으로 남기고 싶은 책 백 권을 추천 받아 만 권을 모으는 것이다. 이 프로젝트는 지금도 착실히 진행 중이다.

- 양미석 지음, 『도쿄를 만나는 가장 멋진 방법 : 책방 탐사』, 남해의봄날

---

27 플랫폼 다음으로 고객이 인정해 줄 만한 것은 '선택하는 기술'이 아닐까. 각각의 고객에게 높은 가치를 부여할 수 있는 제품을 찾아 주고, 선택해 주고, 제안해 주는 사람.

- 마스다 무네아키 지음, 이정환 옮김, 『지적 자본론』, 민음사

인문

사랑도 하나의 관계라면, 사랑 안에서도 모종의 교환이 이루어지고 있다고 가정해야 한다.
- 신형철 지음, 『슬픔을 공부하는 슬픔』, 한겨레출판

그녀의 작품은 혐오스럽고 측은하며 비루한 사람들을 보여주는데도 전혀 연민을 유발하지 않는다.
- 수전 손택 지음, 이재원 옮김, 『사진에 관하여』 이후

사람은 저마다 개성에 맞는 삶을 설계하고 자기 좋은 대로 살아갈 자유를 누려야 한다.
- 유시민 지음, 『국가란 무엇인가』, 돌베개

더 많은 몰입을 이끌어내기 위해, '분명한 목표'에서 강조해야 할 것은 '목표'가 아니라 '분명한'이다. 분명한 것은 확실성을 준다. - 피터 디아만디스, 스티븐 코틀러 지음, 이지연 옮김, 『볼드』 비즈니스북스

우리가 살아생전에 불멸을 얻지 못한다 해도, 여전히 죽음과의 전쟁은 다가오는 시대의 주력산업이 될 것이다.
- 유발 하라리 지음, 김명주 옮김, 『호모 데우스』, 김영사

꿈이 꿈만의 독자적 유물이라기보다는 낮에도 활동하는 무의식적 사고에 빚지고 있다는 쪽으로 인식의 지평을 넓혀야 하는 것이다.
- 지크문트 프로이트 지음, 이환 옮김, 『꿈의 해석』 돋을새김

34 수치심이 다른 사람들의 눈에 비친 자기의 모습에서 유발되는 감정이라면, 모욕감은 다른 사람이 자기를 대하는 태도나 방식에서 느껴지는 감정이다. 따라서 수치심에는 죄책감이나 미안함이 섞일 수도 있지만, 모욕감은 전혀 그렇지 않다.

- 김찬호 지음, 『모멸감』 문학과지성사

35 죽음에 대해서 오랫동안 생각해 왔고, 자기가 죽으면 모든 것이 해결될 것이라 생각해서 실제로 실행했는데, 막상 죽으려는 순간에는 살고 싶었다.

- 유성호 지음, 『나는 매주 시체를 보러 간다』, 21세기북스

36 행복한 기억은 전방대상피질에서 세로토닌을 증가시킨다. 잠들기 전에 행복한 기억을 한 가지씩 떠올려보라. 일기장에 써도 좋고, 그냥 그 기억을 반추하는 것도 좋다. - 앨릭스 코브 지음, 정지인 옮김, 『우울할 땐 뇌 과학』, 심심

37 잡스의 괴팍함은 일종의 연마된 모습이었다. 평생에 걸쳐 진행되었던 강박적인 식생활 실험을 막 시작한 터였고 그래서 경주견처럼 바싹 마르고 단단해 보였다. 그는 또한 눈을 깜빡이지 않고 상대를 응시하는 법을 갈고 닦았으며 길게 침묵을 유지하다가 갑자기 날카롭고 빠르게 말을 쏟아내는 법을 완성했다. - 월터 아이작슨 지음, 안진환 옮김, 『스티브 잡스』, 민음사

38 자폐증 환자는 원래 좀처럼 외부 세계의 영향을 받지 않는다. 그렇기 때문에 고립적으로 살아갈 '운명'에 놓인다. 그러나 바로 이 점 때문에 그들에게는 독창성이 있다. 만일 우리가 그들의 내면 풍경을 들여다볼 수 있다면 그들의 독창성은 내부에서 생긴 것, 그들이 원래 지니고 있는 것임을 알 수 있다.

- 올리버 색스 지음, 조석현 옮김, 『아내를 모자로 착각한 남자』, 알마

39 특정한 공간을 벗어나는 순간 우리는 사람의 지위를 상실할 수 있다. 구체적으로 말해서 우리를 사람으로 인정하는 사람들이 있는 공간에서 벗어날 때, 우리는 더 이상 사람이 아니게 된다. 사회란 다름 아닌 이 공간을 가리키는 말이다.

- 김현경 지음, 『사람, 장소, 환대』 문학과지성사

40 오늘날의 세상이 우리에게 주는 과제란 우리가 의미 있게 사는 방법을 모른다는 데 있지 않다. 오히려 이 과제에 대해 충분히 오래도록 초점을 맞출 수 없는 것이 문제다.

- 휴버트 드레이퍼스, 숀 켈리 지음, 김동규 옮김, 『모든 것은 빛난다』, 사월의책

시·에세이

"그래, 바로 이 맛이야!" 하고 혼자 눈을 감고 자기도 모르는 새 중얼거리는 것 같은 즐거움, 그건 누가 뭐래도 '작지만 확실한 행복'의 참된 맛이다.
- 무라카미 하루키 지음, 김진욱 옮김, 『이렇게 작지만 확실한 행복』, 문학사상사

살아가면서 어떤 일을 하고 어떤 사람이 되고 어떻게 바뀌어야만 하는지 궁금해질 때, 운동과 놀이와 연습은 상당히 중요하다.
- 조지 쉬언 지음, 김연수 옮김, 『달리기와 존재하기』, 한문화

나는 편견 없이 산다는 것이 무엇인가를 본 것 같다. 정신만이 결국 문제 되는 유일한 것이라는 것도, 국적도 피부색도 아무것도 거기에는 문제가 되고 있지 않았다.
- 전혜린 지음, 『목마른 계절』, 범우사

책상은 '나'라는 주체성의 기물적 상징이다. 독립된 인간은 반드시 자기만의 책상을 소유해야만 한다.
- 김윤관 지음, 『아무튼, 서재』, 제철소

우리는 너무 가깝다. 밥을 나누어 먹었고 같이 울었고 그런데도 헤어졌다.
- 허수경 지음, 『너 없이 걸었다』, 난다

삼십 대, 다 자랐는데 왜 사나, 사랑은 여전히 오는가, 여전히 아픈가, 여전히 신열에 몸 들뜨나
- 심보선 지음, 『슬픔이 없는 십오 초』, 문학과지성사

47 떨어지는 **3초** 정도의 시간이 하루처럼 느껴지며 살아온 생이 다큐멘터리 필름처럼 지나갔고 그 끝에서 나는 갈구하며 절로 기도하였다. 이대로는 죽고 싶지 않습니다. 정말로 살고 싶습니다. - 임상철 지음, 『오늘, 내일, 모레 정도의 삶』, 생각의힘

---

48 앉아서 잔다고 득 될 게 없다. 졸리면 두 다리 뻗고 편히 자거라. 잘 때는 그대 전체가 잠이 되고 깨어 있을 때는 성성적적(惺惺寂寂)하게 온몸으로 깨어 있으라.

- 법정 지음, 『홀로 사는 즐거움』, 샘터사

---

49 택시 운전사는
어두운 창밖으로 고개를
내밀어 / 이따금 고함을
친다, 그때마다 새들이
날아간다 / 이곳은 처음
지나는 벌판과 황혼, /
나는 한 번도 만난 적
없는 그를 생각한다

- 기형도 지음, 『입 속의 검은 잎』, 문학과지성사

---

50 장편동화 『마녀 배달부 키키』의 첫 권을 쓴 것은 **1985년**의 일이다. 어느 날 그녀는 열두 살 된 딸이 그린 그림을 눈여겨보았다고 한다. 그림에는 빗자루를 탄 마녀가 있었고, 자루에는 작은 라디오가 매달려 있었으며, 마녀의 빗

자루에서 음표가 날아오르고 있었다.
- 이나이즈미 렌 지음, 최미혜 옮김, 『이렇게 책으로 살고 있습니다』 애플북스

---

51 결국 빼앗지 않으면 안 되고. 그러려면 조금은 더 슬기롭고 표독스럽지 않으면 안 돼요. 달래지 않아도 주는 사람은 없어요.

- 박완서 지음, 『박완서의 말』, 마음산책

---

52 그리워하는 데도
한 번 만나고는 못 만나게
되기도 하고, 일생을
못 잊으면서도 아니
만나고 살기도 한다.

- 피천득 지음, 『인연』 민음사

○ 시 · 에세이 ○

우리 취향이 완벽하게 일치하는 일은 없겠지만
특별한 책 한 권을 고르는 일상의 기록

초판 1쇄 인쇄 2019년 12월 12일
초판 1쇄 발행 2019년 12월 20일

지은이 나란
펴낸이 이준경
편집장 이찬희
총괄부장 강혜정
편집 이가람, 김아영
디자인팀장 정미정
디자인 정명회
마케팅 정재은
펴낸곳 지콜론북

출판등록 2011년 1월 6일 제406-2011-000003호
주소 경기도 파주시 문발로 242 3층 | 전화 031-955-4955 | 팩스 031-955-4959
홈페이지 www.gcolon.co.kr | 트위터 @g_colon | 페이스북 /gcolonbook
인스타그램 @g_colonbook

ISBN 978-89-98656-92-8 03810
값 14,000원

이 도서의 국립중앙도서관 출판시도서목록(CIP)은 서지정보유통지원시스템 홈페이지
(http://seoji.nl.go.kr)와 국가자료공동목록시스템(http://www.nl.go.kr/kolisnet)에서
이용하실 수 있습니다. (CIP제어번호: CIP2019049763)

잘못된 책은 구입한 곳에서 교환해드립니다.
지콜론북은 예술과 문화, 일상의 소통을 꿈꾸는 ㈜영진미디어의 출판 브랜드입니다.